KB045811

살
수

살
수

1

전쟁의 서막

김진명 장편소설

RHK
알에이치코리아

작가의 말

　나는 가끔 우리의 5천 년 역사에서 가장 위대한 인물은 누구일까라는 생각을 해보곤 한다. 때에 따라 바뀌기도 하지만, 항상 맨 마지막까지 후보에 남는 인물이 있다면 그는 바로 을지문덕이다. 이것은 그의 인품이 출중하거나 인격이 홀륭해서가 아니다. 이유는 단 하나, 그가 전투병만 113만, 궤운자까지 하면 실로 300만에 가까운 역사상 최대의 병력이 동원된 중국 침공군을 완전히 궤멸시켰기 때문이다.
　생각해보라!
　113만 군이면 맨손으로 행진해와도 막을 수 없는 거대한 산맥이요, 바다가 아닌가. 세계 전쟁사에 유례가 없는 이런 초대규모의 병력을 얼마 되지 않는 인구를 지휘해 전멸시켰다는 것은 실로 경이로운 일이다.
　나는 을지문덕이 정말 자랑스럽다. 동시에 부끄럽기 짝이 없다.

우리는 을지문덕을 얼마나 알고 있나?

그는 언제 태어났으며 어디에서 태어났는가? 또, 누구의 집안에서 태어났으며 벼슬은 무엇을 했고 어떻게 살았으며 언제 죽었는가?

불행하게도 우리나라에는 이런 걸 아는 사람이 없다.

아무도 없다.

중국은 수면하에서 동북공정을 치열하게 진행시키고 있다. 우리 민족의 역사에서 고구려를 완전히 들어내 자신들의 역사로 잡아넣고 있는 것이다.

그런데도 우리에게는 아무런 자각이 없다.

금명간 중국은 을지문덕이 한겨레라는 실증적 증거를 내놓으라고 들이칠 기세이고, 이에 우리 학계에서는 을지문덕이 한겨레가 아니라 선비족이라는 주장까지 등장하였다. 속이 터질 것만 같다.

신뢰할 수 있는 단 한 점의 자료도 없는 현실에서 나는 기존의 모든 자료를 비교 검토했다. 그랬음에도 역시 신뢰할 수 있는 결론을 내릴 수 없었다.

그러나 쓰지 않을 수는 없었다.

소설은 비록 허구이지만 사실보다 더 진실이어야 한다고 믿는 나로서는 이 소설을 쓰기가 참으로 어려웠다. 하지만 써냈다. 미흡하지만 쓰는 것이 우리 역사의 뜻일 게다.

용두산 자락에서
김진명

살수 · 1

차례

작가의 말 **5**

미친 청년 양광

추적추적 내리던 비는 어느새 대지를 촉촉이 적셨다. 가뜩이나 뒤숭숭한 궁궐 분위기에다 비까지 추적거리자 성문을 지키는 파수병들까지 마음이 착 가라앉았다.

북주(北周)의 장안성 동문.

거대하게 솟은 성문을 지키고 선 병사들의 눈에 자신들을 향해 미친 듯이 달려드는 수십 필의 군마가 들어왔다. 예사롭지 않은 마필의 질주에 병사들은 긴장하여 창대를 움켜쥐었지만 흉맹한 질주와 어딘지 기품 있어 보이는 일행의 복장에 약간 주눅이 들었다. 그러나 이내 수문장의 날카로운 목소리가 병사들의 귀에 파고들었다.

"막아라!"

"옛?"

어느새 병사들 앞으로 체격 좋은 수문장이 나섰다. 병사들은 급히 창을 다시 치켜들며 수문장 옆으로 정렬했다.

"저들을 막으란 말이다! 어서 문을 닫아라!"

수문장의 호령에 병사들 몇이 활짝 열려 있던 성문의 고리를 황급히 잡아끌었다.

"말을 멈춰라!"

수문장의 고함 소리가 달려드는 일행을 향해 퍼져나갔지만 휘몰아치듯 달려드는 군마들의 속도는 조금도 줄지 않았다. 병사들은 아연 긴장한 채 전방을 향해 창을 겨누었다. 그러나 바람을 가르며 달려오는 군마는 아랑곳 않고 병사들 앞으로 닥쳐들 뿐이었다.

"이놈들이!"

막무가내로 치고 나오는 말들의 기세에 놀란 수문장이 급히 창을 크게 휘둘렀으나 군마의 두꺼운 마갑은 그의 창대를 맥없이 꺾어놓고 말았다.

"비켜!"

벽력같은 일갈과 함께 선두에 선 장대한 기골의 장수의 손에 들린 거대한 칼이 한 걸음 물러서던 수문장의 목을 향해 무서운 속도로 날았다.

"으악!"

사방에 피를 흩뿌리며 공중으로 날아오른 수문장의 머리통 뒤로, 일행은 하나 둘 계속 통과해 달려나갔다. 미처 몸을 피하지 못한 몇몇 병사들의 몸은 무참히 말발굽에 밟히거나 사방으로 튀어나갈 뿐이었다.

"활을 쏴라! 활을!"

마지막 한 필의 말까지 빠져나가고서야 비로소 정신이 든 문지기들이 뒤늦게 화살을 몇 대 쏘아붙였지만, 화살이 닿기에는 이미 터무니없이 먼 거리로 사라져버린 일행이었다.

창졸간에 닥친 사태에 잠시 넋을 놓은 채 서로의 얼굴을 바라보던 문지기들은 자신도 모르게 입 밖으로 한 사람의 이름을 되뇌었다.

"저자는!"

"대장군! 수염 대장군이다!"

"수염 대장군!"

문지기들은 이내 미친 듯이 안으로 치달렸다. 방금 그들을 지나치며 큰 칼을 휘둘러 수문장의 목을 친 자가 수염 대장군이라면 이건 필시 보통 일이 아니었다.

어쩌면 달려나간 무리 중에 엄청난 신분을 가진 자가 있을지도 몰랐다. 아니, 필경 그럴 것이었다. 그게 사실이라면 문지기들의 목숨은 이미 달아난 것과도 같았다. 조정을 향해 미친 듯이 달리기 시작한 문지기들의 정신이 아득해지고 있었다.

성문을 지나쳐 한참 질주하던 일행은 이윽고 성에서 꽤나 멀어진 것을 깨닫고 달리는 속도를 약간 늦추었다. 속도가 처지자 일행 사이에는 무겁기 그지없는 비애가 감돌았다. 특히 수문장의 목을 친 노장군의 붉은 눈에서는 하염없이 눈물만 흐르고 있었다.

'폐하……'

어느새 더러운 무리로 가득 차버린 황실. 외척이 천하를 집어삼킬 동안 무엇을 하였던가. 반평생을 전장에서 보낸 충심은 누구를 위함이던가. 천 갈래 만 갈래로 찢어지는 그의 가슴속에서 선제(宣帝)의 마지막 당부가 떠올랐다.

"장군, 내 못난 자식을 부탁하오!"

"폐하! 신(臣) 전력을 다하겠나이다. 전력을 다해 황제 폐하의 안위를 보살피겠나이다."

선제의 당부를 눈물로 받들었더랬다. 그러나 황제는 지금 어디에 있는가. 조정에 높이 앉은 자는 누구이며, 자신의 옆에서 파리한 안색으로 몸을 떠는 자는 누구란 말인가. 자신의 죄. 이 모든 것이 자신의 죄였다. 노장군은 꽉 쥔 주먹을 부르르 떨며 후회에 후회를 거듭했다.

통한의 눈물을 옷소매로 훔쳐낸 노장군은 잠시 후 말의 속도를 더욱 늦추어 누군가의 곁으로 다가갔다.

"폐하……"

아직 앳된 얼굴의 소년이 지친 표정으로 노장군을 바라보았다.

"폐하, 불충한 소신을 용서하옵소서. 이러한 날이 오게 된 것은 전적으로 소신의 책임입니다. 허나 너무 심려는 마옵소서. 이대로 요서 지방에 도착하게 되오면 담적상 대장군의 17만 강병이 기다리고 있습니다. 황위는 머잖아 폐하께로 돌아올 것입니다."

소년. 황제는 얼굴을 움직여 애써 밝은 표정을 지어 보이며 앳된 목소리로 답했다.

"고맙소. 진실로 고맙소, 장군."

하지만 노장군의 표정은 어둡기만 했다. 담적상 대장군 역시 북주의 이름 높은 장군이지만, 지금 도성을 점령한 무리와는 비할 바가 아니었다. 황제의 앳된 얼굴을 바라보는 노장군의 가슴은 수천 수만 갈래로 찢겨나가고 있었다.

양견(楊堅).

황제의 외조부이자 북주의 가장 강대한 세력가인 그는 네댓 신하를 거느리고 금일 새벽, 황제의 전실에 들었다. 잠이 덜 깨어 영문을 몰라 당황해하는 황제를 우악스럽게 끌어내 바닥에 꿇어앉힌 그들은, 짧지만 하늘이 무너지는 듯한 단 한 마디만을 고했다.

"허울뿐인 황위, 양위하라. 너는 천자의 자격이 없다!"

형식적인 미덕조차 찾아볼 수 없는 불손하고 투박한 한 마디였으나 어린 황제는 그대로 따르지 않을 수 없었다. 반항은 이미 불가능했다.

사실 언제고 이런 날이 오리라는 걸 어린 그도 잘 알고 있었다.

조정은 오래전부터 양견의 조정이었으며 군사 역시 양견의 군사였다. 그간 황제의 대전에서조차 양견의 사사로운 술자리가 공공연히 벌어졌었고, 한창 술이 오른 신하들이 가끔 내뱉는 '어리석은 그 어린아이의 목을!'이라든가 '들어가서 이놈을 단칼에!'라는 등의 폭언에 방 안에서 몸을 떠는 것이 황제의 일이었다.

하루하루를 두려움에 가득 찬 채 소일하는 황제. 허울뿐인 그가 황궁 안에서 갖고 있던 유일한 소유는 그보다 열 살 위의 애첩, 주령뿐이었다.

어린 그의 눈에도 눈이 부실 만큼 아름다운 여자.

신하들의 폭언으로 겁에 질려 침상에 누워 있을 때마다 자신을 품에 꼭 안아주던 여자. 그러나 그 주령마저도 오늘 잃고 말았다.

양견에게 옥새를 건네고 어디론가 끌려가 유폐된 채 혹 누가 구해주러 오지는 않을까, 작은 희망을 품고 좁은 문틈으로 밖을 내다보던 어린 황제는 정전 뒷마당에서 벌어진, 결코 보지 말았어야 할 광경을 보고야 말았다. 문틈으로 가져 간 그의 떨리는 눈에는 주령의 머리채를 움켜쥔 채 그녀를 질질 끌고 가는 한 젊은 사내의 모습이 들어왔다.

"아!"

설마. 그는 흠칫 떨었다. 그러나 청년은 그녀를 매몰차게 쓰러뜨린 뒤, 알아듣지 못할 말을 한참 중얼거리고는 그녀의 손에 비수를 쥐여주었다. 황제는 무섭게 몸을 떨었다. 그녀 가 비수를 자신의 가슴팍에 가져가는 순간, 그는 더 이상 문 틈에 눈을 대고 있을 수가 없었다.

"아아!"

무력한 인간.

그는 가장 사랑하는 사람이 비참하게 죽어가는 순간에도 몸을 떨며 눈물을 흘리는 일밖에 할 수 없었다.

만에 하나라도 황위를 회복하면 반드시 그놈을 잡아내리라. 잡아내어 양견과 함께 도륙을 내리라. 온갖 고통을 안기며 그들을 죽인 후에 그들의 살을 씹으리라. 황제는 때늦은 분노와 회한에 몸서리치며 머릿속에서 양견과 청년을 수없이 난자해 죽이고 있었다.

황제가 한참 몽상에 빠져 있을 무렵, 일행의 맨 뒤에서 말을 몰던 젊은 장군 단문진(段文振)은 깊은 생각에 빠져 있었다. 수차례 고개를 내저은 단문진은 곧 옆의 신하에게 걱정 어린 목소리를 건넸다.

"수십 필의 군마를 타고, 그것도 황군의 표식을 단 채 성내에서부터 달려가고 있소. 이 무슨 경솔한 짓이란 말이오······."

"그러나 어찌하겠소. 길이 이것뿐인걸."

"추격자들 또한 이 길로 올 것일 터."

"죽기로 달리는 수밖에 없지 않겠소."

"애초에 숨어서 도주했어야 했소······. 아, 지금이라도 폐하께 말씀드려 말을 버리고 대로를 벗어나 샛길로 숨어들어야만 하오."

"무엇이? 어찌 감히 황제 폐하께 땅을 디디게 한단 말이오?"

"추격자들에게 잡히는 것보다는 낫지 않겠소. 이대로라면 잡히는 것은 시간문제요."

단문진을 바라보며 신하는 어두운 표정으로 고개를 가로저었다.

"단 장군, 저들이 무엇이 아쉽고 두려워 황제 폐하를 잡으려 하겠소. 이제 천하 어디에도 폐하의 편이 없질 않소. 저들은 결코 추격하지 않을 것이오."

단문진은 고개를 저었다.

"대장군과 폐하께 말씀드리겠소. 이랴!"

단문진은 속도를 내어 일행 앞으로 나아갔다.

단문진의 목소리는 과거를 회상하며 비애에 젖어 있는 황제를 현실로 끌어냈다.

"폐하."

황제는 쉬이 생각 속에서 헤어나올 수 없는 듯, 고개를 두어 번 흔들고 나서야 단문진의 말에 대답하였다.

"무슨 일이오, 단 장군."

"황송하오나 일행 모두 말을 버리고 걷는 것이 좋겠사옵니다. 대로에서 벗어나 샛길로 들어서는 것이 어떠하올는지……."

"무엇이!"

미처 황제의 입이 떨어지기도 전에 노장군의 고함이 단문진의 말을 받았다.

"그 무슨 무엄한 소리요! 폐하께서 흙을 밟으시는 날에는 단 장군도 나도 모두 그 자리에서 죽어야만 할 것이오!"

"그러나 장군."

"단 장군, 대장군의 말씀을 따르시오. 사실 나는 먼 길을 걸을 자신이 없소."

곧 이어진 황제의 말에 단문진은 고개를 깊이 숙일 수밖에 없었다. 어린 황제와 무모한 노장군이 원망스러운 듯 그의 얼굴이 붉어졌다.

"폐하, 하오면……."

"무엇이오?"

"말을 몰고서라도 샛길로 들어서야만 합니다. 대로에서는 추격을 피할 길이 없사옵니다."

노장군의 얼굴에 불쾌한 표정이 떠올랐지만 황제는 그것마 저 거절할 수는 없다고 여겼는지 고개를 끄덕였다.

"그럼 그렇게 하시오."

단문진을 선두로 한 일행은 곧 울창한 숲으로 나 있는 샛길 로 들어섰다. 우거진 나뭇가지들 사이로 말을 모는 것이 쉽 지는 않은 일이라 단문진을 비롯한 장수들은 칼을 휘둘러 황 제가 나아갈 길을 만들며 나갔다. 숲속의 진창길로 힘겹게 나아가는, 채 30명이 되지 않는 무리. 그리고 그들이 모시고 있는 어린 황제. 시간이 지날수록 무거워지는 신하들의 어깨 위로 날은 천천히 저물어갔다.

민가 하나 눈에 띄지 않는 숲길에서, 선두의 단문진은 곧 제법 널따란 공터에 이르렀다.

"이쯤에서 쉬어야 할 것 같습니다."

"날이 저물어가건만 이 숲속에서 지체할 시간이 있겠소? 어서 민가를 찾아갑시다."

이어진 노장군의 말에 단문진은 한숨을 쉬었다.

"근처에 민가는 없습니다. 이곳에서 밤을 지새야 할 듯싶습니다."

"무엇이!"

붉게 얼굴을 물들이며 고함을 친 노장군은 단문진을 무섭게 노려보았다. 어느새 노장군의 손에는 예의 큰 칼이 들려 있었다.

"이놈이! 폐하께 불손하기 그지없구나!"

"저 하나의 목숨으로 폐하께서 편히 쉬실 수 있다면 그리하겠지만……."

"듣기 싫다! 감히 폐하께 들판에 몸을 누이라 말하다니. 네 진실로 역적이 아닌가!"

더는 못 듣겠다는 듯 단문진의 언성 역시 높아졌다.

"자꾸만 폐하를 잘못된 길로 인도하는 장군의 저의는 무엇이란 말입니까?"

"무엇! 무엇이!"

금방이라도 단문진의 목을 칠 듯 칼을 잡아 든 노장군과 단문진의 한숨 어린 얼굴을 번갈아 바라보던 어린 황제의 목에서 탄식이 새어 나왔다.

"왜들, 왜들 이러시오……."

어린 황제의 눈에 눈물이 고이는 걸 보고 나서야, 노장군은 칼을 거두고 황제 앞에 엎드렸다. 끓는 듯한 목소리가 그에게서 흘러나왔다.

"폐하, 죽여주시옵소서…… 폐하. 이 소홀함 모두가 신의 허물이옵니다……. 거사 후에는 반드시 죽음으로 사죄하겠나이다, 폐하……."

황제의 볼을 타고 떨어진 눈물방울이 노장군을 다시 한 번 절규하게 만들었다. 땅에 머리를 짓찧으며 폐하라는 말만 되뇌던 노장군의 눈에서도 붉은 눈물이 흘러내렸다. 그러나 두 사람을 바라보는 단문진은 고개만 저을 뿐이었다.

다음 날 새벽. 결국 숲에서 밤을 맞은 황제를 위해 몸소 밤을 새며 보초를 서는 노장군과, 나무에 몸을 기댄 채 깊이 생각에 빠진 단문진만 깨어 있었다. 원래도 붉은빛인 데다 오래 눈을 붙이지 못해 더욱 붉어진 노장군의 눈은 이따금씩 단문진을 죽일 듯이 노려보고 있었다. 사방이 어슴푸레하게 밝아올 즈음 해서 그런 노장군을 향해 단문진이 나직한 목소리로 읊조렸다.

"장군께서는 전장에서 진(陳)과 싸우며 평생을 바치셨지요?"

노장군은 단문진을 한참이나 노려보고서야 대답했다.

"그랬다. 오로지 나라만을 위해 내 한 목숨 아끼지 않고 전장에서 살아왔다."

"전장에서 얻은 것이 있었습니까?"

"얻은 것이 있었냐고? 물론 있었다. 폐하에 대한 충성과 나라를 위한 충정. 그것 외에 도대체 무엇이 필요한가."

"나라를 위한 충정……."

"그렇다. 오랜 전란의 시기에 백성의 삶은 피폐해지고 폐하께옵서는 심려를 금할 날이 없었다. 그러나 우리에게 저 남진의 진숙보가 더러운 야욕을 버리지 않은 날이 한 날이라도 있었으며, 동쪽의 고구려가 우리를 위협하지 않은 적이 한시라도 있었는가. 나는 이 혼란을 거두고 나라를 바로 서게 하는 데 이 한평생을 바쳐왔다."

"하면, 저 진을 쳐 없애 사해를 통일하고, 동쪽의 고구려가 무릎을 꿇게 하면 나라가 바로 서는 것이 아닙니까?"

노장군은 이상하다는 눈초리로 단문진을 잠시 노려보다가 말을 이었다.

"바로 그렇다. 한데 네놈이 하고 싶은 말이 대체 무어냐?"

"연소한 데다 유약하신 폐하께서 그만한 역량이 있으실지……."

"무엇이! 네 지금 폐하를 감히 능멸하느냐?"

"그저 장군께 말씀을 여쭐 뿐입니다."

노장군은 예의 그 큰 칼을 다시 잡아 들고는 이번에야말로 단문진의 목을 쳐버리고 말겠다는 듯 그를 향해 다가갔다. 곧이어 단문진의 목에 칼을 겨눈 노장군의 입에서 호통이 터져나왔다.

"네 진정 속이 검은 놈이로구나! 그렇다면 네놈은 지금 조정을 차지한 역적이 그에 적합하다 말하고 싶은 것이더냐!"

"그야 모르는 일이지요."

낯선 목소리였다.

그 목소리가 노장군의 귀에 들어온 순간, 칼을 놀리려던 노장군은 흡사 벼락이라도 맞은 듯 부르르 몸을 떨었다. 분명 이 대답은 단문진의 것이 아니었다. 칼을 멈춘 채 목소리가 들려온 방향을 바라본 노장군은 순간 정신이 아득해지는 것을 느꼈다.

노장군의 시선 끝에 남색 무복을 걸친 채 고개를 숙이고 있는 사내와 그 뒤에 도열한 한 무리의 무장한 자들이 있었다.

"맞는 말씀일 수도 있습니다."

재차 흘러나온 목소리에 노장군의 주름진 눈이 불을 뿜었다. 분명 양견의 군사들일 것이었으나 숫자가 채 열이 되지 않았다. 노장군은 자신의 큰 칼을 꽉 움켜쥐었다.

"지금 무어라 하였는가!"

잠든 일행을 깨우려는 듯 세차게 터져나온 노장군의 호통에도 남색 무복은 대답하지 않았다. 오히려 호통에 놀라 잠에서 깬 일행들의 놀란 목소리가 적막한 새벽 공기 사이로 울려 퍼졌다. 그러나 남색 무복의 사나이는 일행이 다 깨어나기를 기다리는 듯 그 자리에 가만히 서 있기만 하였다.

"무엇 하는 자들이냐!"

긴장이 배어 있는 목소리였다. 얼핏 보기에도 약관의 청년인 데다 거느린 숫자가 채 열이 되지 않았지만 노장군의 손에서는 땀이 배어 나오고 있었다. 여느 때 같았다면 벌써 달려들었을 그였지만, 노장군은 제자리에 서서 떨리는 눈으로 상대를 노려보고만 있었다.

상황을 알아차린 일행은 재빨리 병장기를 거머쥐며, 잠에서 막 깨어난 황제 앞을 가로막고 섰다. 살벌한 긴장이 두 무리 사이에 팽팽히 이어지는 가운데 남색 무복의 사나이가 입을 열었다.

"단문진."

노장군과 황제를 비롯한 일행은 단문진이 일행을 가로질러 사나이에게 나아가는 것을 바라만 보고 있었다. 사나이 앞에 선 단문진은 고개를 가볍게 숙여 인사를 표하고 그의 옆에 섰다. 한동안 입을 열지 못하고 이를 바라보던 노장군은 몸을 부르르 떨었다.

"아, 역시! 네놈이야말로 역적의 무리였구나! 내 일찍 알아
채지 못한 것이 한스러울 뿐이다."

"말씀드린 대로일 뿐입니다."

단문진의 감정 없는 목소리에 노장군의 얼굴은 사정없이
일그러졌다. 그리고 다시 양쪽 무리 사이에는 팽팽한 긴장이
이어졌다. 추격하는 자들과 도주하는 자들. 사실 이들 사이
에는 무슨 말도, 명분도 필요치 않았다. 단지 서로에게 달려
들어 죽이고 죽는 것만 남아 있을 뿐이었다.

긴장의 시간은 길어지고 있었다. 비록 세 배에 가까운 숫자
였으나 노장군은 쉬이 나서지 못했다. 혼전 중에 황제를 보
호해야 한다는 걱정 외에도 남색 무복의 사나이에게서 풍겨
나오는 기묘한 위압감이 그를 함부로 나서지 못하게 하였던
것이다. 칼자루를 꽉 거머쥔 노장군의 손바닥에서는 쉴 새
없이 땀이 새어 나오고 있었다.

"폐하."

일행 사이의 적막을 깨뜨린 것은 사나이의 한 마디였다.

"어디로 가십니까?"

이어지는 사내의 목소리는 차갑기 그지없었다.

"궁에서는 연회가 한창입니다."

사나이가 천천히 얼굴을 들고 황제를 향해 말을 걸어왔다. 그리고 일행의 맨 뒤에 서서 애써 고개를 돌리고 있던 소년. 어제까지만 해도 만인지상의 자리에 있던 황제는 청년의 얼굴을 보는 순간, 안색이 백지장처럼 새하얘진 채 몸을 사시나무처럼 벌벌 떨었다.

무시무시한 인간. 두려움으로 가득한 황제의 두 눈은 사내의 얼굴을 똑바로 바라볼 수조차 없었다. 주령, 사랑하는 주령을 살해한 바로 그자였다.

"야…… 양광!"

곧이어 일행 중 몇몇 역시 사내의 신분을 알아채고 탄성을 흘렸다. 양견의 둘째 아들, 양광(楊廣).

젊은 혈기와 부친의 당당한 세력에도 불구하고 조정에서 제 목소리를 내는 법이 없는 데다 여러 중신들을 항상 깍듯이 대하던 청년. 그의 부친과는 달리 충신들 사이에서 평판이 좋았던 겸손한 청년이었다.

그러나 오늘 양광의 출현은 그들을 편안하게 놓아둘 수 있는 것이 아니었다. 황위를 찬탈하고 이들을 도망의 길로 내몰았던 자, 그리고 조정에 앉아 새 황제로 연회를 벌이고 있는 자가 이 양광의 부친인 까닭이었다.

신하들은 마음을 다잡아야만 했다. 양광은 그 출중한 무예로 황궁 내에서 대적할 자가 없다고 알려진 바였다. 그제야 이들은 좀 전까지 이어지던 정체 모를 긴장감을 이해할 수 있었다. 칼자루를 잡은 신하들의 손이 다시금 떨려왔다. 그리고 이들의 뒤에서 양광을 바라보는 어린 황제는 사시나무처럼 몸을 떨었다. 그런 황제를 향해 양광이 천천히 걸음을 옮겨놓았다.

"으……."

"양광! 감히 신하 된 도리로 폐하의 앞을 가로막을 셈이냐!"

황제의 신음 소리에 이어, 그의 앞을 가로막으며 노장군이 내뱉은 말이었다.

"역시 양견의 자식이더냐! 참으로 그 아비에 그 아들이로다!"

다가오는 양광을 향해 일갈하며 노장군이 위협적으로 칼을 세워 들었으나 양광은 그에게 눈길 한 번 주지 않은 채 황제를 향해 태연스레 걸음을 뗄 뿐이었다. 금방이라도 내리칠 듯 겨눈 노장군의 칼은 차마 양광을 향해 떨어지지 못한 채 공중에서 떨리고만 있었다. 곧, 노장군을 지나 황제 앞까지 다다른 양광이 입을 열었다.

"폐하."

"저, 저자를 치, 치시오!"

양광의 감정 없는 목소리가 흘러나옴과 동시에 황제의 비명과도 같은 고함이 터져나왔다. 그리고 황제의 명령을 기다렸다는 듯, 노장군의 칼은 양광을 반으로 쪼개놓을 듯 무서운 기세로 떨어졌다.

"아!"

황제의 신하들은 누가 먼저랄 것도 없이 짧은 신음을 뱉었다. 노장군의 거대한 칼이 양광의 등 뒤로 떨어지려는 바로 그 순간, 언제 어디서 쏜 것인지도 모르는 화살 하나가 노장군을 향해 날아들었다. 노장군의 뒷목에 박힌 채 파르르 떨고 있는 화살이 신하들의 눈에 들어왔다. 그리고 양광은 눈을 뒤집으며 쓰러지는 노장군에게 눈길 한 번 주지 않은 채, 여전히 감정 없는 얼굴로 황제를 향해 걸음을 옮겼다.

세 배가 넘는 수적 우세에도 불구하고 신하들은 다가오는 양광을 피해 조금씩 뒷걸음질 칠 뿐이었다. 한두 명의 신하가 비명과도 같은 고함을 지르며 양광에게 달려들었으나 그들에게 돌아온 것은 예의 화살 한 촉뿐이었다. 남은 신하들은 감히 달려들 생각조차 하지 못했다. 누가 먼저였을까. 양광의 거리가 손에 닿을 만큼 가까워지자, 약속이나 한 듯 신하들의 반수 이상이 황제를 버리고 등을 돌린 채 도주하기 시작했다. 사실 그들 모두 충신이라면 충신이었다. 부귀와 가족을 버리고 황제의 도망 길에 따라나선 자들이었다. 그러나 이 순간만큼은 무언지 모를 위압감과 공포감이 그들을 그

자리에 서 있지 못하게 하였다.

황제 곁에 남은 몇 명의 신하들이 마지막으로 양광을 향해 달려들었다. 이번에도 어김없이 화살이 날아들었으나 양광을 향해 정면으로 달려든 자에게는 미치지 않았다. 동료들이 쓰러졌음을 직감적으로 알아차린 신하는 그야말로 필사적인 의지로 칼을 휘둘렀다. 그러나 황제의 눈에는 언제 뽑았는지조차 알 수 없는 양광의 칼과, 목이 잘려나간 채 쓰러지는 신하의 모습이 동시에 들어왔다.

황제는 이제 그의 곁에 유일하게 남은 신하 뒤로 숨었다. 그에게 있어 양광은 악몽과도 같은 존재였다. 주령을 처참하게 살해하고, 신하들을 도륙하고, 이제 황제 자신을 죽일 것이 분명한 자였다. 신하의 등 뒤에서 황제는 사시나무처럼 떨었다.

엉겁결에 황제의 앞을 가리게 된 신하가 양광 앞으로 나섰다. 그리고 차분한 목소리로 양광을 불렀다.

"양 장군."

처음으로 양광의 걸음이 멈추었다. 양광은 신하의 얼굴에 눈길을 주었다.

"……"

"폐하를 이대로 보내드릴 수는 없으시겠나?"

"……"

"폐하께서 힘이 없다는 것은 장군도 잘 알지 않는가. 너무도 불행한 분이시네. 새로운 황제 폐하께는 성공하였다고 보고하시고, 나와의 연을 보아 마음을 조금 써주시게. 나는 신하 된 도리로 여기서 죽겠으나, 폐하는 보내주시게."

신하의 말에 양광의 눈빛이 미미하게나마 흔들리는 것도 같았다. 과거 양광은 학문이 깊은 그에게 배우기를 즐겨 했고, 그 역시 양광의 빠른 성취를 사랑했던지라 둘의 친분은 꽤나 깊은 것이었다. 신하는 양광이 흔들리고 있음을 느끼자, 한 걸음 옮겨놓은 후 양광의 어깨에 두 손을 올려놓았다.

"양 장군."

"……"

일말의 기대를 안고 이들을 바라보던 황제의 눈에 신하의 등 한가운데를 뚫으며 길게 뻗어 나온 양광의 칼이 보였다.

"우, 으으."

황제는 이상한 신음을 흘리며 등을 돌리고 양광에게서 황급히 도망가려 했다. 그러나 채 몇 발짝 옮기기도 전에 황제는 불에 덴 듯한 허벅지의 고통을 느끼며 주저앉아야만 했다. 그 자리에 쓰러져 두려움과 고통에 떨리는 눈으로 바라본 허벅지에는 아직 화살이 떨림을 멈추지 않은 채 꽂혀 있었다. 곧이어 황제의 찢어지는 듯한 비명 소리가 터져 나왔다.

감정 없는 목소리가 재차 흘러나왔다.

"폐하, 령은 어떠하였습니까?"

한 마디 던진 양광은 잠시 고개를 숙이고 대답을 기다렸으나 황제는 고통으로 몸만 꿈틀거릴 뿐이었다. 양광이 다시 입을 열었다.

"대답을 못 하시겠습니까?"

양광은 잠시 말을 끊었다. 황제는 극심한 고통 가운데에서도 불안한 눈으로 그의 얼굴을 살폈다. 여전히 표정이 없었다. 황제는 그가 자신을 죽일 것이라는 확신이 들었다. 두려움에 휩싸인 황제의 몸이 잔뜩 굳어 있었다.

적막의 시간이 잠시 흐른 후에 양광의 굴곡 없는 목소리가 다시 흘러나왔다.

"그 여자, 령은 어떠셨습니까?"

그 말을 듣는 순간 쉬지 않고 비명을 질러대던 황제의 목구멍이 막혀버리고 말았다. 두 다리가 잘린 것 같은 충격에도 불구하고 양광의 말에 미친 듯 몸을 비틀었다. 주령.

"려, 령?"

"령의 몸이 어떠하였느냐고 묻습니다."

황제는 아무 말도 할 수 없었다. 이제는 공포나 통증 때문이 아니었다. 주령을 살해한 사내, 가장 증오스럽고 두려운 사내가 지금 벌레처럼 땅바닥에 엎드린 자기 앞에서 주령의 몸이 어떠하였는지를 묻고 있었다. 그의 머릿속은 고통과 분노와 무력감으로 터질 듯하였다.

그러나 이러한 황제의 심정은 안중에도 없다는 듯, 양광은 아까와 똑같이 아무 굴곡이 없는 목소리로 다시 황제인 정제(靜帝)에게 말했다.

"령은 저의 정인이었습니다."

황제는 흡사 벼락을 맞은 듯 몸을 떨었다. 자신과 주령과 양광.

"무, 무어라!"

"저의 정인이었습니다."

황제는 자신의 운명을 저주하지 않을 수 없었다. 그랬던가. 자신에게 남은 유일한 존재 역시 그렇게나 복잡한 사정을 가지고 있었단 말인가. 결국 자신은 주령마저도 갖지 못했던 철두철미 껍데기뿐인 존재였던가. 황제의 머릿속에서는 무언가 떠오를 듯하면서도 결코 떠오르지 않던 과거의 한 장면이 연결 고리처럼 서서히 모습을 드러냈다.

"태자 전하를 위해 데려온 아이입니다."

"태사께서 이렇게 신경을 써주시는 것에 매우 감사드립니다."

"허허허, 황송합니다. 저는 태자께서 기뻐하는 것만으로 족합니다."

양견이 데려온 여자였다. 왠지 모르게 두렵고 싫은 양견이라 건성으로 대답하고는 서둘러 물리느라 제대로 살펴보지 못하였지만, 양견이 가고 나서 다시 한 번 살펴보니 어린 태자의 입에서도 탄성이 나올 만큼 너무나 아름다운 여자였다. 도저히 인간이라고는 믿어지지 않는 아름다움.

태자는 숨이 막힐 것만 같았다. 양견이 자신의 딸을 선제에게 바쳤던 의도는 그 역시 잘 알고 있었지만, 지금은 도무지 그러한 것을 생각할 수 없을 정도로, 여자는 아름다웠다.

"이…… 이름이 무엇인가?"

양견에게 끌려오게 된 데 무슨 우여곡절이 있었던 듯, 여자는 눈물을 흘린 흔적이 보였다. 그는 정이 많고 소심한 터라 여자의 눈물에 마음이 아팠다.

"어찌 그다지도 아름다운 눈에 눈물이 고였는가. 마음 아픈 사정이라도 있는가?"

눈이 발갛게 된 여자는 고개를 숙이고 몸을 돌린 채 태자에게 눈길조차 주지 않고 조그마한 입을 열어 신음과도 같은 말을 밀어냈다.

"광…… 광을 위해서."

그는 엉뚱한 그녀의 대답에 어리둥절하였다. 하지만 그녀의 아름다움은 그가 어떤 생각도 할 수 없게 만들었다. 태자의 앳된 손이 허겁지겁 그녀의 옷 사이를 비집고 들었다.

그날 이후, 주령은 그에게 한 번도 싫은 기색을 보인 적이 없었지만, 어느 누구에게도 마음을 드러내는 법이 없었다. 하지만 그런 그녀에게 오히려 신비로움을 느낀 태자는 그녀가 불렀던 이름을 까맣게 잊고 있었다.

"아!"

지난 기억을 떠올린 황제는 어린 나이에도 불구하고 모든 것을 알 수 있을 것만 같았다. 이제 종전의 분노와 두려움에, 질투까지 가득 찬 눈으로 양광을 올려다보았다. 이자가 바로 주령의 정인이었구나. 이자는 자신의 정인이 나에게 몸을 더럽혔음에 분노하여 그녀를 죽이고 이제 나를 이토록 비참하게 농락하는 것이로구나. 주령이 사랑했던 자는 내가 아니라 저자였구나. 저자의, 그리고 저자 아비의 성공을 위해서 나를 안았던 게로구나.

문득 양광이 황제를 흘깃 내려다보며 말했다.

"주령을 데려간 것이 폐하의 뜻이 아니었음을 알고 있습니다…… 하여 폐하의 목숨을 가져가지는 않겠습니다."

황제는 양광을 더 이상 바라볼 수가 없었다. 고통, 굴욕, 분노, 두려움……. 수많은 감정들이 한꺼번에 일어나 폭발할 듯이 정제의 머릿속을 휘저었다. 동물의 울음소리와도 같은 이상한 신음이 그의 입에서 끊임없이 흘러나왔다. 그런 정제를 씰룩거리는 표정으로 한참 내려다보던 양광이 독백처럼 중얼거렸다.

"그렇지만, 령의 몸을 본 당신의 눈……. 령의 몸을 느낀 당신의 손. 그리고 령의 몸을 탐닉한 당신의 입……이 온전히 남아 있는 것은 도저히 참을 수가 없습니다."

끔찍한 시간이 지나고, 찢어질 듯 질러대던 황제의 비명은 어느 순간부터 더 이상 들려오지 않았다. 일을 마친 양광은 뒤의 병사들에게 눈짓을 보냈다.

"가자. 황궁으로."

어딘지 모르게 쓸쓸한 목소리였다. 양광은 쓰러져 있는 황제에게 눈길 한 번 주지 않고 병사들과 함께 몸을 돌려 사라졌다.

그들이 사라진 숲에는 피범벅이 된 소년이 눈 뜨고 볼 수 없는 모습으로 열서너 구의 시체와 함께 나뒹굴고 있었다.

'령.'

당장 비라도 내릴 듯, 검은 먹구름 사이에서 짙은 달무리는 흘러가는 구름을 따라 그 모습을 드러내고 감추기를 반복하였다. 거친 모래흙은 잠깐씩 흐르는 달빛에 헤프게 슬픈 웃음을 지었다가, 이내 다시 어둠의 무저갱 속으로 사라졌다.

달빛은 그 슬픈 흙을 비추다가 한 사나이의 그림자에 이르자 이내 다시 구름 속으로 숨어버린다. 사나이의 몸은, 달빛이 따라 흐르기에는 너무도 아픈 떨림으로 요동치고 있었다.

"령……."

양광은 심하게 몸을 떨었다. 그의 숨소리에 따라 요동치던 가슴에는 어느새 흥건하게 흐르는 눈물의 샘이 고였다.

"나는…… 그대가 어떠한 사내와…… 어떠한 관계이든 괘념치 않는다."

양광은 쥐어짜듯 눈물에 잠겨 쉬어버린 목소리를 억지로 내뱉었다.

"허나 아버지가…… 그리고 형이…… 신하들이…… 이 나라가 너를 용서치 않는다."

"령……."

"나를 용서해라. 나는 아버지에게서…… 너를 지키지 못했고, 빌어먹을, 황제…… 황제에게서 너를 지키지 못했으며, 또다시 아버지에게서 너를 지키지 못한다……."

양광은 이내 격정을 이기지 못하고 바닥에 쓰러졌다. 눈물로 범벅이 된 얼굴이 거친 흙에 파묻혔다. 거센 몸부림으로 자갈과 모래에 쓸리고 짓이겨진 얼굴에서는 피가 배어 나왔다.

"가라……. 이 땅에서 떠나라……. 이…… 저주스러운 나를 잊고 이 개 같은 운명을 잊고 부디 행복한 삶을 살아라……."

정신병자처럼 땅을 긁으며 몸부림치던 그는 거친 흙과 자갈이 틀어박혀 피가 새어 나오는 손톱을 들어 자신의 얼굴을 쥐어뜯었다. 계속해서 눈물이 흘러내리던 얼굴에는 이내 피마저 진하게 덧씌워지고 있었다. 피와 흙으로 범벅이 된 얼굴을 들고, 하늘을 향해 양광은 울부짖었다.

"령! 아아아…… 나의 하나뿐인 령!"

먹구름은 달빛을 완전히 가렸다. 가끔씩 땅에 내려왔다 겁먹은 채 도망치곤 하던 달빛도 어느덧 검은 하늘에 묻혔다. 한 줌 달빛마저 스러진 어두운 밤하늘 아래 슬픔에 쉬어버린 목소리가 허공에 스며들며 작고 길게 메아리치고 있었다.

"령! 나는 천하제일의 인간이 될 것이다. 너의 복수를 하는 길은 바로 천하의 일인자가 되어 온 세상을 피로 물들이고 더러운 권력을 탐하는 놈들의 배에 낀 추하디추한 기름을 태워 세상의 밤을 밝히는 것이다. 그때까지 나는 100만 명의 목을 베어 천하를 시산혈해로 만들 것이다. 아아, 불쌍한 령. 나는 필히 진시황을 능가하는 천하의 일통황제가 되어 너의 복수를 할 것이다."

양광의 흐느낌은 거기서 아버지 문제(文帝)에 대한 안타까움과 원망으로 이어졌다.

"황제이시여! 나의 아버지이자 나로부터 정인을 앗아간 원수이시여! 나는 밤마다 별을 헤며 분노를 달랬나이다. 그것이 나를 낳은 아버지의 뜻이라 밤마다 새기면서 피를 부르는 손을 힘겹게 재웠나이다. 아아, 아버님의 뜻이기 때문에—, 그러나 황제이시여! 이제 당신의 뜻을 이루었나이까? 이제 천하를 얻으셨나이까?"

양광의 원망 어린 흐느낌은 핏발 선 비웃음으로 바뀌는가 싶더니 앙천대소로 이어졌다. 하늘을 향해 뱉어내는 그의 웃음에는 귀기 어린 공포가 서려 있었다.

"황제이시여! 당신의 조정이 벌써 붕괴되고 있다는 걸 모르시나이까? 우스울 따름입니다. 천하를 얻자마자 붕괴되고 있으니 이 어찌 웃을 일이 아니겠나이까. 그게 바로 당신이 가장 아끼는 당신의 장남 양용(楊勇)으로부터 비롯되고 있다는 사실을 어째서 당신은 모르신단 말입니까? 아버님, 소자 야말로 당신을 가장 사랑합니다. 소자는 지금 이 순간이라도 아버님을 위해 당장이라도 죽을 수 있습니다. 그러나 소자, 지금은 어찌해야 할지 모르겠나이다. 아, 아버님이시여! 령! 나의 령! 아아아아······!"

대동강의 향연

그해 가을의 평양.

대동강이 한눈에 내려다보이는 언덕 위에서 두 사람의 장정이 강물에 한가로이 떠다니는 큰 돛단배를 내려다보고 있었다. 첫눈에 보아도 호걸풍의 20대 사나이가 옆에 있는 친구에게 말을 건넸다.

"갑정, 저 배는 막리지의 배 같은데."

갑정이라 불린 친구가 돛단배 안에서 웅성거리는 사람들을 한참 지켜보다 내키지 않는 목소리로 대답했다.

"그런가. 요즘 저 배에서는 좋은 술에 가무음곡이 끊이질 않고 있다던데."

전망 좋은 언덕이라 곁에는 또 한 사람의 사나이가 뒷짐을 지고 서서 강의 물결에 눈을 두고 있었다. 호걸풍의 사나이가 낯선 청년을 대화에 끼워 넣을 양으로 그를 향해 고개를 돌리며 말했다.

"음악 소리가 귀를 간질이는 걸 보니 이제 곧 시작할 모양이오."

하지만 청년은 대답 없이 돛단배에서 시선을 거두어 멀리 구름을 쳐다보고 있었다.

호걸풍 사나이가 머쓱한 기분이 들었는지 친구에게 다시 고개를 돌리며 호기로운 목소리를 내뱉었다.

"막리지가 어째 저런 짓을 하고 있을까? 마음에 안 들어. 갑정, 가서 엎어버릴까?"

"괜찮겠어? 자네 실력으론 군졸 몇도 당해내지 못할 텐데?"

사나이는 바짝 약이 오른 듯 그까짓 게 무슨 대수냐며 되받았다.

"수틀리면 막리지도 죽여버릴까 보다. 나라의 운명이 풍전등화인데 저런 작태를 벌이고 있으니."

사나이의 호기로운 목소리에 갑정도 회가 동하는 모양이었다.

"그래, 가자. 저런 꼴은 못 봐."

"여보, 같이 안 가겠소?"

하지만 조용한 청년은 이들의 권유는 들은 척도 하지 않고 서쪽에서 몰려오는 하늘의 구름에만 시선을 두었다.

"제길, 내 나이 또래밖에 안 되는 사람이 칠순 영감 노시듯하네. 가세, 갑정."

말 없던 청년이 그제야 시선을 거두고 두 사나이를 바라보더니 담담한 목소리로 말했다.

"저 배에서 난장판을 부리겠다는 거요?"

"그러면 어떻소? 날이면 날마다 백제와 신라가 국경을 어지럽히고, 북쪽으로는 북주가 준동해 하루에도 죽어가는 우리 백성과 군사가 수백 명인데 저 꼴이 뭐냔 말이오!"

호걸풍의 사나이가 울분이 치솟는지 격한 목소리로 되받았다.

"그냥 구경이나 갑시다. 설마 출입을 막지는 않을 것 아니오? 가서 하는 수작이나 구경합시다. 가슴이 답답하면 술이나 한잔 걸치고 조용히 오면 되잖소?"

갑정은 친구보다 훨씬 온건한 태도로 청년에게 말을 건넸다. 그러자 청년은 고개를 끄덕이더니 옷깃을 여몄다. 나이가 비슷한 두 사나이에 비해 훨씬 조용한 분위기를 지닌 그도 사나이의 엉뚱한 분노에는 호기심이 생긴 모양이었다.

"우리 통성명이나 합시다. 나는 강이식이오."

"나는 갑정이오."

"문덕이오."

나이는 같은 20대 초반으로 보였지만 세 사람의 분위기는 제각각이었다. 강이식이 강직하고 씩씩해 보이는 데 비해, 갑정은 쾌활하고 구김살이 없어 보였다. 반면 문덕은 조용하면서도 어딘지 모르게 강한 분위기가 얼굴에 배어 있었다.

"여봐라, 저 돛단배까지 저어라!"

호걸풍의 강이식이 우렁찬 목소리로 고함치며 다짜고짜 나룻배에 엉덩이를 걸치자 몇 사람의 병졸이 대뜸 고개를 숙였다. 그들은 그의 우람한 외모에 주눅 든 표정이었다.

"장사님, 청패를 보여주십시오."

"청패? 그게 뭐야?"

"막리지께서 초청하는 패 말입니다."

"몰라, 우린 그런 거 없어."

순식간에 병졸들의 눈꼬리가 치켜졌다. 청패도 없는 놈이 와서 감히 행패를 부린다고 생각하니 자존심이 상한 모양이었다. 그러나 강이식이 워낙 위풍당당한 태도로 나왔기 때문에 병졸들은 조심하는 태가 역력했다.

"그게 없으면 태워드릴 수 없습니다."

"이놈들이!"

강이식은 가뜩이나 부아가 나 있는 판에 군졸들에게까지 저지당하자 대뜸 따귀를 날렸다. 따귀를 맞은 군졸이 즉각 칼을 빼 들었다.

"그래, 이놈아. 한번 드잡이질을 치잔 말이냐?"

강이식은 겁에 질리기는커녕 심심하던 참에 잘됐다는 듯이 군졸을 상대하고 나섰다.

"감히 관리를 때리다니!"

격노한 군졸이 강이식을 향해 칼을 날리려고 할 때였다.

"멈추거라."

젊은 여자의 목소리였다.

"왕녀를 뵈옵니다."

군졸들은 즉각 고개를 숙였다. 강이식은 뜻밖에 나타난 여자가 왕녀라는 걸 알자 기분을 잡쳤다는 표정이었다.

"칫, 오랜만에 몸 좀 풀려고 했더니……."

갑정이 눈짓으로 입 다물라는 암시를 줬다. 젊은 왕녀는 첫눈에 이들이 실랑이하는 이유를 알았는지 군졸에게 명했다.

"세 분 다 장사의 기개가 있으시다. 이 배에 태워드려라."

"분부대로 거행하겠습니다."

군졸들은 이내 왕녀와 시종, 그리고 세 젊은이를 태우고 노를 젓기 시작했다. 갑정이 두 주먹을 포개 보이며 감사를 표했다. 그러나 강이식은 먼 산을 쳐다보았고, 문덕은 문덕대로 다시 시선을 하늘 위의 구름에 두었다.

나룻배가 돛단배에 닿자 사관이 기다리고 있다가 왕녀에게 정중히 인사를 올렸다. 뿐만 아니라 여러 사람이 몰려와 왕녀에게 예를 표했다.

"막리지께서 기다리고 계십니다."

"이 세 분을 잘 모셔라."

왕녀는 세 사람에게 잠시 눈길을 주고는 사관을 따라서 가 버렸다.

"운이 좋았군. 편하게 왔어."

갑정은 왕녀의 하늘거리는 걸음걸이에서 시선을 떼지 못한 채 감미로운 꿈이라도 꾸는 듯한 목소리로 말했다.

"누구지?"

강이식이, 왕녀 앞에서도 굽히지 않은 스스로를 자랑스러 워하는 듯한 표정으로 대수롭지 않게 물었다.

"그래. 대왕의 막내딸이지. 인물도 인물이지만 그 마음의 깊이가 천 길이나 된다는 소문이야."

갑정은 아직도 꿈을 깨지 않은 듯 왕녀가 사라진 공간에 시 선을 그냥 던져놓고 있었다.

"이놈아! 배를 뒤집겠다고 온 놈이 그 헤벌린 입이며 몽롱 한 눈하며 뭐 하는 수작이냐?"

강이식의 책망을 듣고서야 갑정은 눈길을 제자리로 돌려놓 았다.

"자, 세 분은 이리 오십시오."

제법 신분 있어 보이는 관리가 고개를 숙이며 세 사람을 안

내하자 강이식이 갑정에게 자랑스레 떠벌렸다.

"흥, 왕녀라 그런지 장사를 알아보는 눈은 있군. 하지만 오늘 이 배는 내가 반드시 엎어버릴 거야. 이게 도대체 뭐 하는 수작이야, 수작이!"

세 사람이 안내되어 간 곳은 수백 석의 자리가 마련되어 있는 중에서도 상석이었다. 막리지와 불과 스무 척도 안 되는 가까운 자리로 안내받은 세 젊은이는 사람들의 이목을 끌기에 충분했다.

"웬 애송이들이 저런 상석을 차지하는 거야?"

사람들 사이에서 두런두런 불평이 흘러나왔다. 강이식이 참지 못하고 소리가 들려오는 곳을 향해 눈을 부라리자 갑정이 소매를 잡아당겨 쓸데없는 시비를 경계했고, 문덕은 여전히 시선을 멀리 던지고 있었다.

점잖아 보이는 관리 한 사람이 일어나 막리지에게 고개를 깊이 숙인 후 좌중을 향해 정중하게 인사말을 해내려갔다.

"오늘 이 자리는 막리지께서 전국의 인재를 초청해 한턱 쓰는 자리입니다. 여기 초청되어 온 여러분들은 모두 이 나라를 대표하는 호걸이요, 문사요, 기인입니다. 부디 마음껏 즐기시기 바랍니다."

막리지가 흥에 겨운 듯 만면에 웃음을 띠고 술잔을 들어 좌중을 향해 건배했다.

"막리지 만세!"

"만세!"

사람들은 모두 막리지를 외치며 환호했지만 강이식은 얼굴이 붉으락푸르락해서는 냅다 고함을 질렀다.

"이것들이 반역을 하자는 것도 아니고! 대왕이 엄연히 생존해 계신데 막리지 만세라구!"

갑정이 다시 강이식의 소매를 잡아끌었다.

"가만히 좀 있어보게. 어떻게 돌아가는 건지 알고 나야 판을 엎든 도망을 치든 하지 않겠나."

"아으! 어찌 된 판때기이든 간에 나라 꼴이 이렇게 어지러운데 이 술판이 다 뭐냔 말야? 그것도 막리지가 앞장서서."

"조금 더 있어보자구."

그러면서도 갑정은 왕녀의 고운 자태에서 눈을 떼지 못했다. 막리지의 건배가 끝나자 좌중은 삽시간에 시끌벅적해지면서 술잔이 이리저리 돌아다녔다.

"이식, 일단 좀 마시고 보게."

갑정은 강이식에게 거푸 몇 잔을 권했다. 갑정은 언덕 위에 있을 때와는 사뭇 다른 사람인 양 행동했다.

술이 몇 잔 들어간 강이식은 갑정의 이런 태도까지 못마땅했다. 그의 돌연한 변화가 왕녀 때문이라고 생각하며 혼자

속을 끓이던 그는 슬며시 문덕을 곁눈질했다. 비록 만난 지는 얼마 되지 않았지만 조용한 분위기의 문덕에게는 이상하게도 함부로 해선 안 될 것 같은 기분이 들었다.

마치 선승처럼 시선을 늘 구름 위에 두고 있는 이 괴상한 친구에게는 범접할 수 없는 위엄과 힘이 있었다. 지금 이 순간에도 술을 한 잔 받아 마시고는 아무 말 없이 여전히 시선을 구름 위에 두고 있지 않은가.

사나이들이 시끌벅적 술을 마시는 가운데 음악 소리가 울려 퍼지더니 아리따운 무희들이 온몸을 한들거리며 객석을 휘감고 돌았다.

"좋다!"

"아핫!"

사나이들이 저마다 희성을 지르자 무희들은 얇은 망사웃깃을 바닥에 끌며 최대한 여흥을 끌어올렸다. 어느 정도 취한 사나이들 중에는 여인의 체취를 참다못해 자리에서 일어나 무희들의 뒤를 따라다니는 자도 있었다.

"이 죽일 연놈들! 당장 멈추지 못할까!"

갑자기 벽력같은 소리가 나더니 강이식이 상을 박차고 일어났다.

"에그머니나!"

그의 고함 소리가 얼마나 컸던지 몇몇 무희들은 그 자리에서 놀라 자빠졌다.

"이 쌍년들아, 죽여버리기 전에 어서 꺼져!"

강이식이 재차 고함을 지르자 무희들은 혼비백산해 뒤로 슬슬 기었다. 강이식이, 자기 앞에 쓰러진 무희의 몸에 손을 대려던 한 사내의 얼굴을 발길로 걷어차버렸다.

"헉!"

사내가 코를 잡고 자빠졌다.

"어린놈이 너무 설치는구나!"

강이식 못지않은 목소리를 토해내며 앞으로 나선 사람은 돌궐의 라마라 불리는 중이었다.

"이건 또 웬 까까머리냐! 절에서 염불이나 욀 놈이 어째 이런 데 와서 주색잡기로 부처님의 자비로운 심성을 더럽히는 것이냐!"

"뉘 집 아이인진 모르겠으나 너보다도 너희 부모를 잡아 볼기를 때려야겠다. 어른 보기를 제 집 강아지 보듯 하니 말이야!"

"에이, 쓸데없는 개소리 말고 덤벼라!"

고함과 함께 강이식이 중을 향해 주먹을 뻗었다. 그러나 중은 뚱뚱한 몸집에 어울리지 않는 날렵한 몸짓으로 몸을 홱 틀어 강이식의 주먹을 피하면서 오히려 손을 뻗어 그의 주먹을 잡았다.

"어라! 이 중놈이!"

강이식은 잡힌 손을 빼는 한편으로 남은 주먹을 중의 얼굴에 날렸다. 그러나 이번에는 중이 몸을 피하지도 않고 그의 주먹을 바로 잡아버렸다.

"어어, 아니 이 중놈이. 이 손 못 놔!"

강이식은 얼굴이 시뻘게져 연거푸 소리를 질렀는데, 중은 두 손을 꽉 잡은 채 힘을 주다 갑자기 그의 따귀를 올려붙였다.

"와하하하!"

좌중에서 폭소가 터졌다.

"별것도 아닌 어린놈이 큰소리만 쳐댔구나!"

강이식은 한 손이 풀리자마자 번개같이 중의 얼굴을 가격했지만 중은 이번에도 피하지 않고 그의 주먹을 잡아버렸다.

"어린아이가 동네에서는 주먹질깨나 했던 모양인데, 여기서는 좀 참거라. 한다하는 아저씨들이 모여서 술 한잔하시는 자리이니."

"와하하하!"

또다시 폭소가 터졌다.

"대나간, 어지간히 했으면 그만 이리 오게. 이제 그 막된 놈들은 강물에 던져놓고 마시던 술이나 마저 드세!"

대나간이라 불린 돌궐 중이 고개를 설레설레 흔들었다.

"아니야, 요놈 포동포동하게 생긴 게 궁둥이에 살깨나 있을 것 같아. 어른을 몰라본 죄로 내가 볼기짝이나 한 대 때려줘 야겠다."

강이식은 화가 머리끝까지 치솟은 나머지 중의 낭심을 발로 걷어차버렸다. 그러나 다음 순간 대나간은 슬쩍 몸을 돌려 발길질을 피했는데 그 동작의 빠름은 이루 말할 수가 없었다.

'세상에!'

강이식은 참담한 기분에 휩싸였다. 이제까지 누구와 싸워도 이길 자신이 있다고 믿어왔건만 그 믿음이 한순간에 모래성처럼 허물어져 내렸던 것이다. 사람들이 조롱하는 것보다 훨씬 더 큰 분노와 슬픔이 밀려들었다.

"아가야, 이제 궁둥짝을 좀 보자꾸나."

대나간이 이렇게 말했을 때 강이식은 퍼뜩 죽음을 떠올렸다. 대나간이 자신의 바지를 벗기려 들면 반드시 벗겨지고야 말 것 같은 불길한 예감이 들었다. 그러면 자신에게는 자진(自盡)밖에 남을 것이 없었다. 그 치욕을 어떻게 견뎌낸단 말인가. 생각이 여기에 이르자 그는 미친 듯이 발길질을 해댔다. 그러나 대나간은 능글맞게 웃어가면서 발길질을 모두 피하다가 갑자기 자신의 무릎으로 강이식의 허벅지를 툭 쳤다.

"우읍!"

강이식은 갑자기 허벅지에 힘이 쭉 빠지면서 그 자리에 주저앉고 말았다.

"와하하하!"

다시 한 번 좌중에서 웃음이 터져 나왔다. 대나간도 폭소를 터뜨리며 강이식의 바지춤으로 손을 뻗었다. 대나간의 손이 바지끈을 잡아채려는 순간, 바람을 가르는 소리가 들리면서 시퍼런 칼날이 떨어지다가 대나간의 손목에 가서 닿을 듯 말 듯 멎었다.

"이제 그만해!"

갑정이었다.

"음."

칼날이 살에 아슬아슬하게 닿아 있는 상황에서는 대나간도 별수 없는 모양이었다. 대나간이 바지춤을 잡았던 손을 거두어들였다.

"이식, 자리로 돌아가자."

그러나 강이식의 상처받은 자존심은 그를 도저히 그냥 자리로 돌아가지 못하게 했다. 그는 막리지가 앉은 자리로 고개를 홱 돌렸다. 막리지는 방금 벌어진 소극을 즐기던 차라 입가에 아직 웃음이 남아 있었다.

"막리지! 당신 이거 제정신으로 하는 짓이오?"

강이식이 단도직입적으로 막리지를 향해 거칠게 호통치자

삽시간에 좌중이 얼어붙었다. 막리지 역시 놀란 표정이 역력했다. 사관 몇이 급히 달려와 강이식의 양팔을 붙잡고 한 사람이 그의 뒤에서 다리를 쳐 꿇어앉혔다.

그러나 강이식은 아랑곳하지 않고 주위가 쩌렁쩌렁 울리도록 재차 고함을 쳤다.

"백제, 신라는 하루가 멀다 하고 국경을 쳐들어와 민심이 흉흉하기 짝이 없는데 막리지가 허구한 날 술로 여자로 세월을 보낸다면 지하에 계신 광개토 호태대왕께서 어찌 편히 눈을 감겠으며, 장수대왕인들 어찌 가슴을 치지 않을 수 있겠소?"

강이식이 악쓰는 모습을 막리지는 휘둥그렇게 눈을 뜨고 지켜보았다.

"당장 이 어지러운 술판일랑 걷어치우고, 비용은 몽땅 전선에 보내 군사들의 사기나 키우시오."

"흐음."

막리지의 입에서 의미를 알 수 없는 신음이 새어 나왔다. 조금 전까지만 해도 너나 할 것 없이 떠들썩하던 좌중의 호걸들도 입을 다물었다.

"여봐라!"

왕제의 옆에 있던 시위가 자리에서 벌떡 일어나 사관들에게 소리쳤다.

"옙!"

"저놈을 당장 내쫓아라. 그리고 다시 풍악을 울리고 춤을 추게 하라!"

"옙!"

사관 한 사람이 즉시 강이식의 입을 눌렀다. 나머지 사관들은 서둘러 강이식을 들고 나가버렸다. 막리지가 자리에서 일어선 채 손을 마주 잡고 호걸들에게 이해를 구했다.

"고구려의 영웅호걸 여러분! 저런 훼방꾼의 말에는 신경 쓰지 마시고 다시 여흥을 즐기시오. 특히 돌궐과 말갈의 장사 여러분은 오늘 밤 실컷 마시며 객고를 푸시기 바라오. 기실 여러분은 고구려 백성과 같은 핏줄이니 고구려는 여러분의 나라와 다름없소!"

"와!"

장사들은 언제 그런 일이 있었느냐는 듯 다시 여흥에 휩쓸렸다.

"나가봅시다."

갑정이 문덕의 소매를 잡아끌었다. 두 사람이 나갔을 때 강이식은 마침 사관들의 손에서 풀려나 옷매무새를 고치고 있던 참이었다. 돌궐의 중에게 당한 게 억울하기는 했지만 막리지의 면전에서 큰소리친 것은 아주 후련하고 자랑스러운 모양이었다.

"씨—."

강이식이 멋쩍은 듯 차고 있던 검을 툭툭 쳤다.

"왜? 그 검을 쓰지 그랬어?"

갑정의 빈정거림에 강이식은 다시 한 번 자존심이 상했지만 달리 폭발시킬 데가 없는 모양인지 문덕에게 손을 내밀며 사과했다.

"문덕 형, 나 때문에 망신을 초래했다면 용서하시오."

강이식은 객쩍어 한 말이었지만 문덕의 반응은 이상한 데가 있었다. 그는 아주 공손히 손을 맞잡고 그에게 깊이 고개를 숙이는 것이었다. 비록 한 마디 말도 하지 않았지만 계속 조용히 앉아만 있던 문덕의 행동으로는 생각되지 않을 만큼 정중한 것이어서 강이식은 속으로 크게 놀랐다.

'아, 이 사람은 도대체 누구인가? 방금 보인 정중한 행동은 날더러 좀 더 진중하게 처신하라는 은근한 책망이었을까? 아니면 막리지 앞에서 거리낌 없이 쏘아붙인 나의 행동에 대한 격려였을까? 젊은 사람이 어찌 이렇게나 깊이가 있단 말인가? 어쨌든 이 사람 앞에서는 사려 깊게 행동해야겠구나.'

"자, 너희는 꺼져라!"

나룻배가 다가오자 사관은 세 사람에게 배에서 내릴 것을 명령하였다. 강이식으로서는 사관의 명령대로 나룻배를 타자니 자존심이 극도로 상했다. 하지만 문덕 앞에서 또다시 경거

망동해서는 안 될 것 같아 꾹 눌러 참고 문덕의 반응을 보았다. 그러나 여전히 한마디 쏘아붙이는 것을 잊지 않았다.

"이봐, 우리는 왕녀께서 초청하셨어. 그러니 왕녀께 와서 배웅하시라 하게."

"이놈들아! 자비로운 왕녀께서 초청해주셨으면 얌전히 술이나 마실 일이지, 막리지께 웬 행패냐? 여느 때 같으면 목을 칠 일이다만 오늘은 특별한 날이라 봐주는 것이니 살아 있는 것도 감사하게 여기고 얼른 사라져!"

강이식이 왕녀를 들먹였음에도 사관은 전혀 흔들리지 않고 군졸들에게 눈짓했다. 그러자 군졸들이 창끝으로 세 사람을 짐승 몰듯 몰아 나룻배를 태우려 했다.

"치이!"

강이식의 입술에서 바람 빠지는 듯한 소리가 튀어나오고, 갑정 역시 느물거리며 몸을 움직여 나룻배 쪽으로 몇 발짝 옮겼다. 그때 말없이 구름 한 켠에 시선을 주던 문덕의 시선이 군졸들 뒤로 향했다. 군졸들의 뒤로 횃불에 일렁이는 그림자가 드러났다.

"여봐라! 이게 무슨 짓이냐?"

위엄 있는 목소리가 군졸들의 뒤에서 들렸다.

"앗!"

사관을 비롯해 군졸들이 일시에 소리치며 자세를 바로잡았다. 사관들의 뒤에는 청년이라고 해도 좋을 만큼 젊은 사람이 관복을 입고 서 있었다.

"이놈들이 귀한 분을 몰라보고 대체 이게 무슨 짓이란 말이냐?"

강이식의 입가에 미소가 피어올랐다. 드디어 왕녀가 사람을 보낸 것이라 생각했는지 갑정을 보며 여봐란듯이 어깨를 펴 보였다. 갑정 또한 자신을 보던 왕녀의 눈초리가 특별했다는 생각이 들었다. 그러나 다음 순간 갑정과 강이식은 깜짝 놀라고 말았다. 젊은 관리가 문덕에게 다가와 그의 손을 잡은 것이었다.

"문덕! 잔치는 잘되고 있네. 말갈과 돌궐을 비롯해 중원 각처의 무사들이 속속 모여들고 있네!"

청년의 밝은 얼굴에 문덕도 마주 미소를 띠며 말했다.

"오늘 잔치를 보아하니 노고를 짐작할 만하군."

"내가 한 일이 뭐 있겠는가. 하하, 그나저나 문덕에게 칭찬을 다 듣다니."

"많은 기인들이 눈에 띄더군. 하지만 좀 더 바쁘게 움직여야 할 것이야. 일은 한순간에 닥칠 터이니."

"알겠네. 그런데 세간들의 전언에 의하면, 수(隋)는 조용하다는데."

"형국이 안정되면 그가 움직이겠지."

"그라니?"

"양광."

"양광? 양견의 둘째 아들이라는 그자를 말하는 것인가?"

문덕이 무겁게 고개를 끄덕였다.

"호오, 무예가 대단하다는 소문은 들어 알고 있지만, 그렇게나 대단한 자이던가. 그러고 보니 일전에 자네가 한 번 만났다고 했었지."

"영웅이긴 해도 천리에 맞는 자가 아니야. 천하를 피로 물들일 자였네."

"으음."

"그때 죽일까도 생각했지만……."

문덕이 말끝을 흐렸다.

"했지만?"

"확신이 없었네."

"확신이라면? 무예를 말함인가?"

"글쎄, 운명이랄까. 확실하진 않네."

문덕은 그쯤에서 이야기를 접고, 꾸어다 논 보릿자루처럼 서 있는 옆의 두 사람에게 고개를 돌렸다.

"강가에 있다가 두 분의 기개에 끌려 배에 같이 올랐네."

문덕의 소개에 갑정이 어정쩡하게 고개를 숙여 인사했다. 강이식 역시 사뭇 무뚝뚝한 표정으로 약간 고개를 숙여 보

였다. 청년 관리가 그에 대한 인사로 고개를 숙이며 말을 건
넸다.

"건무라고 합니다. 이 나라의 소형을 맡아보고 있지요. 보
아하니 오해가 있었던 모양인데, 이 잔치는 막리지를 위한
것이 아니라 장차 우리의 힘이 되어줄 변방의 장사들을 위한
자리입니다."

청년의 이름과 직책을 듣는 순간, 강이식의 얼굴에는 놀라
움과 부끄러움의 빛이 함께 떠올랐다. 소형. 결코 젊은 자가
쉬이 오를 수 있는 관직이 아니었다. 게다가 강이식이 행패
를 부린 이 잔치가 나라의 장래를 위한 계략이었단 말인가.
강이식의 놀란 눈길이 그의 옆에 서 있는 과묵한 청년 문덕
에게로 향했다.

'문덕은 이미 모든 것을 알고 있었구나. 의기랍시고 벌인
내 행패가 얼마나 볼썽사나웠을까.'

겨우 고개를 든 강이식이 작은 목소리로 답했다.

"강이식입니다."

"왕자 전하이신 줄 미처 몰랐습니다. 갑정입니다."

곧이어 나온 갑정의 말은 강이식을 한 번 더 놀라게 만들었다.

"전하라니요? 저는 소형의 직을 맡고 있을 뿐입니다."

건무가 웃으며 한 말에 강이식은 재차 고개를 떨구었다. 왕
자의 편한 자리를 벗어던지고 나라를 위해 달려드는 건무의

모습은 그를 무척 초라하게 만들었다. 그런 와중에도 강이식의 가슴 한 켠에는 무언가 타오르는 것이 있었다.

'아, 이토록 젊은데도 저들이 품은 뜻은 태산과 같구나. 나도 저들처럼 나라를 위해 일하고 싶다. 하지만 내가 쓰일 구석이 있을까?'

강이식의 이 같은 마음에 때맞추어 흘러나오는 음성이 있었다.

"소형, 자네도 이분들의 기개를 보았으니 말인데, 자리를 마련해주는 게 어떠하겠는가?"

"한눈에 인재임을 알아보았네. 당연히 그리해야지."

강이식은 또 한 번 놀랐다. 마치 그의 마음을 훑어보는 듯한 문덕의 말에, 다시 고개를 든 그는 그저 문덕과 건무를 번갈아 바라보기만 했다.

그러나 문덕은 그런 강이식의 마음을 아는지 모르는지 무심한 표정으로 일동을 향해 작별을 건넬 뿐이었다.

"벌써 떠나려는가?"

"여기저기 들르며 북으로 갈 것이네. 문득 북방의 바람이 그립네. 한혈마도 그립고."

"하하, 한혈마를 타고 찬 바람을 맞고 싶은 건 나도 마찬가지네만 자네처럼 자유롭지 못해 탈이지."

문덕은 이내 조각배에 몸을 옮겨 싣고 그들의 시야에서 멀어졌다. 건무의 아쉬워하는 듯한 얼굴과, 강이식의 넋 나간 얼굴, 그리고 갑정의 묘한 표정만 그 자리에 남았다.

"그는 누구입니까?"

건무가 목소리에 힘을 주어 답했다.

"을지문덕. 고구려 천년의 영웅입니다."

백산말갈

어느덧 한 해의 막바지에 다다른 초겨울.

초원의 밤은 쌀쌀했다. 모닥불을 지펴놓고 앉은 말갈족 젊은이들 사이로 거센 바람이 쉴 새 없이 밀어닥쳤다. 그러나 말갈의 젊은이들은 이미 태어날 때부터 자연과 어우러져 살아온 터라, 차가운 바람에 몸을 움츠릴 리 없었다. 둘러앉은 강인한 청년들 앞에는 한 젊은이가 우뚝 서 있었다.

"이제 우리는 결단을 내려야 한다."

잠시 무언의 동요가 청년들 사이로 퍼져 나갔다.

"우리는 본디 홀로 살아온 부족. 다른 세력에 의지하여서는 아니 된다."

둘러앉은 청년들의 얼굴에 긴장하는 기색이 흘렀다. 말갈은 자유를 원한다.

"하지만 지금, 수의 세력은 금방이라도 대륙을 제압할 정도다. 그들의 힘 앞에 방탕한 진이 무너지는 것은 자명한 일. 그리고 그들은 우리를 원한다. 이번 달에도 그들의 사자가 다녀갔다."

젊은이는 잠시 말을 멈추고 진중을 둘러보았다. 침중한 눈빛이 젊은이에게서 흘러나왔다. 이내 젊은이가 말을 이었다.

"다른 족장들은 수나라에 복속되기를 원한다. 저 양견의 비호 아래 살아가기를 원한다. 허나, 나는 그걸 바라지 않는다."

젊은이는 눈을 들어 어둠 속을 쏘아보았다. 강한 자부심이 젊은이의 얼굴에 가득 차올랐다.

"우리는 본디 이 거친 초원에서 홀로 살아왔다. 어느 누구에게도 기대어 살아오지 않았다!"

때마침 불어온 바람에 모닥불이 거세게 일렁거렸다. 둘러앉은 사내들은 감히 젊은이의 강한 눈을 마주치지 못하고 모닥불만 넋 놓고 바라보았다. 그들의 귀에 또다시 젊은이의 커다란 목소리가 울려 왔다.

"차라리 멸망의 길을 걸을지언정 수나라의 협박에는 굴하지 않으리라!"

사내들은 묵묵히 고개를 숙인 채 젊은 족장의 말을 곱씹었다. 요즘 들어 수나라 사신이 빈번하게 다녀가는 것이 사실이었으며, 그들이 원하는 것이 무엇인지도 모두들 잘 알고 있는 터였다. 그리고 대다수의 부족이 이미 수에 복속되기를 바라고 있었다. 그러나 이들 백산말갈의 젊은 족장은 결단코 이를 반대했다.

"족장!"

침묵이 이어지는 가운데 한 우람한 사내가 벌떡 일어서며 커다란 목소리로 족장을 불렀다.

"말하라!"

"복잡한 건 잘 모르겠다. 하지만 싫다! 사신이라는 작자들의 거만한 말투가 듣기 싫고, 병사들의 건방진 태도도 마음에 안 든다!"

뒤따라 제법 나이 있어 보이는 사내가 일어나 자신 없는 목소리로 중얼거렸다.

"잘 알지는 못하나 앞으로 공물을 착실히 바치라 했다 하오. 그러나 이즈음은 우리도 살기 힘든 계절 아니오."

"그러나 족장! 그들에게 맞서 어쩌겠다는 말이오? 자존심 이전에 부족의 맥을 유지해야 할 거 아니오!"

사내가 받아쳤다.

"그러나 나는 당장 죽더라도 자존심을 지키겠소. 그들의 발밑에서 비참하게 살아가는 것이야말로 진정 맥이 끊기는 거요."

이후 몇몇 사내가 더 일어섰다. 한참이나 계속된 회의는 족장이 원하는 대로 흘러가지만은 않았다. 자리를 지키는 대다

수의 사내들은 수를 겁내고 있는 것이 분명했다. 회의는 생각보다 꽤 오래 이어졌지만 부족원들은 결국 만족스러운 일치를 보지 못한 채 각자의 막사로 흩어졌다. 그들이 떠난 자리에 마지막까지 남아 있던 족장은 침울한 얼굴로 모닥불을 응시하였다.

초췌한 족장의 얼굴 위로 진한 수심이 드리워졌다.

"이대로라면……."

젊은 족장은 두어 시간이 더 지나서야 몸을 일으켰다. 마음이 천근만근이었다. 느리게 걸음을 옮겨 막사로 돌아가는 그의 머릿속에 대족장이 숨을 거두기 전 마지막으로 남기고 간 말이 떠올랐다.

'아야진, 결코 수의 노예가 되어서는 안 된다. 그들로부터 부족을 지켜야 한다……'

터벅터벅 내딛는 걸음마다 그의 뇌리에는 선친의 유지가 한마디씩 와서 박혔다. 족장 아야진은 대족장의 아들. 그러나 대족장이 죽은 지 2년이 되어가는 지금도 아직 대족장이 되지 못한 불운한 청년이었다. 나이도 모자랐거니와, 대족장의 죽음이 그와 관계되어 있다는 소문이 나돌았기 때문이었다. 말갈은 대족장의 죽음 이후 여러 부족으로 잘게 나뉘어 있었다.

'아버지, 저는 어찌해야 하는 것입니까?'

아야진은 우울한 발걸음을 억지로 떼어 옮기며 마음속으로 아버지를 불렀다. 그러나 돌아오는 것은 걱정과 고민을 품은 공허한 메아리뿐이었다.

막사에 거의 다다를 무렵, 아야진은 나뭇등걸에 털썩 주저앉았다. 이 기분을 그대로 안고 들어가 잠을 청해봐야 헛수고일 듯했다.

'어찌해야 하나?'

한참 고민하던 아야진은 한순간 얼굴을 찌푸렸다. 어지러운 심정 탓에 머리가 아파왔다. 아야진은 한차례 길게 한숨을 내쉬고 나서 가만히 앉아 눈을 감았다. 잠시나마 머릿속에서 걱정을 몰아내고 싶었다.

그러나 아야진은 이내 눈을 떴다. 누군가 앞에 가만히 다가와 있는 듯한 느낌이었다. 아야진의 망막에 한 젊은이의 모습이 맺혔다.

낯익은 모습이었다. 자신이 잘 알고 있는 얼굴.

아야진의 입술이 꿈틀거렸다. 시간이 멈추기라도 한 듯, 아야진은 한참 동안이나 상대를 멍하니 바라보았다. 잠시 후 머릿속을 헤집고 다니던 그의 생각이 과거의 어느 한군데에 머무르다가 이내 흐릿한, 그러나 결코 잠시도 떨어뜨린 적이 없던 기억을 만났다. 뿌연 영상이 점점 더 뚜렷하게 떠올라왔다. 과거, 수나라, 아버지, 죽음, 치욕, 그리고…….

"아!"

경악한 아야진의 눈이 크게 뜨이는 동시, 상대의 입이 천천히 열렸다.

"아야진."

"……무, 문덕!"

아야진은 저녁의 시름과 좀 전의 긴장을 모두 잊은 채 밝은 얼굴이 되었다. 그리고는 크게 웃음을 터뜨리며 자기 앞에 나타난 사내를 덥석 껴안았다. 너무나도 커다란 그의 웃음소리에 막사에 들었던 부족원들이 하나둘 걸어 나왔지만 아야진은 그들의 존재조차 느끼지 못할 정도로 즐거워했다. 이윽고 수십 명의 부족원이 이상한 얼굴로 자신을 바라보는 것을 느끼고서야, 아야진은 서둘러 을지문덕을 막사로 이끌었다. 문덕은 그가 눈이 빠지게 기다렸던 반가운 손님이었다.

"수심이 깊은 얼굴이군."

문덕의 말에서는 따뜻한 온기가 흘러나왔다. 이어 강한 외모와 어울리지 않게 아야진의 눈이 갑자기 붉어졌다. 가슴에서 뜨거운 것이 복받쳐 올라온 것이었다. 그리고 조금은 일그러진 표정으로 중얼거렸다.

"그렇네……. 알잖은가. 결코 나는 북주에, 그 수나라에, 아니 양광에게 굴복할 수 없네…… 문덕."

술자리는 주로 아야진의 이야기로 채워졌다. 비록 과거의
짧은 만남이었지만, 문덕은 아야진에게 친구 이상의 존재였
다. 그는 떠나간 애인이 돌아온 것 같은 기쁨을 느꼈지만 차
츰 시간이 지나면서 어쩔 수 없이 심란한 마음의 일단이 새
어 나왔다.

아야진은 단숨에 술 한 잔을 입에 털어 넣고는 스스로 잔을
채운 후, 다시 들이켰다. 문덕은 당당한 모습을 보이고 싶은
친구라기보다는 의지가 되는 친구였다. 그새 마음이 약해진
듯싶었다. 사실 눈물이 나올 지경이었다.

"이제껏 그렇게 지내오고 있다네, 후―."

이야기를 잠시 멈추고 충혈된 눈으로 문덕을 바라보던 아
야진은 다시 한 잔의 술을 들이켜며 약해지는 가슴을 함께
삼켰다. 담담하게 그를 바라보던 문덕이 차분히 자신의 잔을
비우고 나서 입을 열었다.

"자네는 어찌할 생각인가."

"죽음으로 부족을 지킬 수밖에!"

문덕이 아야진의 눈을 들여다보며 조용한 목소리를 밀어
냈다.

"이제 신라도, 백제도, 저 돌궐과 거란도 수나라에 조공을

하고 있네. 말갈처럼 세력 약한 부족이 이를 거부한다는 것은 어불성설이야."

"그래도! 번연히 두 눈 뜨고 부족을 팔 수는 없잖은가! 선친의 유지가 아직도 나의 머릿속에 하루 종일 울려온단 말일세."

아야진의 목소리가 떨려 나왔다. 풀 죽은 얼굴과 함께 그의 음성도 힘을 잃고 있었다.

"수는 너무 강하네."

"그런 것인가? 자네까지 그렇게 말한다면…… 역시 내가 틀린 거로군. 말갈을 지키기 위해서는 수나라에 굴복해야만 하는 것이로군."

말을 끊은 아야진은 술병째 들어 입에 털어 넣었다. 그런 그의 얼굴 위로 문덕의 시선이 머물렀다. 다시 말을 잇는 아야진의 목소리가 떨렸다.

"수, 부족의 원수이고 선친의 원수. 크흑―."

결국 아야진은 복받치는 감정을 누르지 못하고 한줄기 눈물을 주르르 흘렸다. 그러다가 술상 위로 쓰러졌다.

"문덕…… 문덕…… 어찌해야 한단 말인가……?"

아야진의 목소리는 점점 작아지다가 이내 완전히 끊어졌다. 피로와 고민의 기색, 그리고 억울하고 서러운 심정을 고스란히 얼굴에 드러낸 채 그는 그대로 잠이 들었다. 요 며칠

만에 처음으로 빠져든 깊은 수면이었다. 술상에 몸을 숙인 채, 아야진은 이내 코를 골기 시작했다.

그 모습을 묵묵히 지켜보며 앉아 있던 문덕은 아야진이 손에 쥐고 있던 술병을 들어 자신의 잔을 채웠다. 그리고 차분히 술잔을 입에 가져다 대었다. 말젖으로 만든 말갈의 강한 독주였지만 문덕은 입맛 한번 다시지 않고 천천히 들이켰다. 문덕의 손에 들린 옥잔(玉盞)은 한참 동안 기울어 있다가 천천히 세워졌다. 기묘하게도, 술상 위에 엎어진 상대를 놓고 대작하는 문덕의 모습은 자연스러워 보였다.

술잔을 입에서 뗀 문덕이 쓰러져 잠든 사내를 조용히 불렀다.

"아야진."

그리고 천천히 술잔을 상 위에 올려놓으며 가만히 한숨을 내쉬었다.

"대륙의 바람을 거스른다? 불가능한 현실이지. 그러나 청년이라면 가슴속에 늘 불가능한 꿈을 품어야 하는 법이 아니겠나?"

문덕은 쓰러진 아야진을 뒤로한 채 천막 밖으로 걸어 나왔다. 어슴푸레 밝아오는 새벽 하늘이 문덕의 가슴을 시원하게 쓸어내렸다.

'시원하군. 그러니 이런 곳에서 살아가는 이들이 쉽게 굴복할 리 없잖은가.'

문덕은 고개를 가로저었다. 이런 땅에서 호연지기를 기르며 살아가는 말갈의 굳건한 기세는 결코 수나라에 쉽게 복속될 만한 것이 아니라 여겨졌다. 한참 동안이나 시원한 공기를 들이마시던 문덕의 발걸음이 자연스레 시야가 트인 곳으로 향했다.

줄지어 늘어선 막사 사이를 걷던 문덕의 눈앞에 광활한 초원이 나타났다. 그리고 푸른 초원 위로, 이른 새벽임에도 불구하고 질풍같이 초원을 날뛰는 말갈의 사내들이 보였다.

십수 명의 사내들이 안장도 얹지 않은 채 사방으로 뛰어다니며 말들을 길들이고 있었다. 비록 태어날 때부터 사람의 손을 탔다고 하지만 혈통 자체가 야생마인 말들은 사내들이 잔등에 올라타자 그야말로 미친 듯이 날뛰었다. 가끔은 노련한 기수조차 말에서 떨어져 땅에 구르는 것이 보였다. 말과 어우러진 말갈의 사내들은 그야말로 생동하는 힘이 어떤 것인가를 절절히 보여주는 듯했다. 문덕은 기분이 동했다.

문덕은 마침 근처에서 건초를 뜯어 먹고 있는 말에 훌쩍 올라탔다. 말은 갑작스레 뛰어오른 문덕에 놀라 펄쩍 뛰었지만 이내 문덕의 능숙한 손길에 이끄는 대로 달리기 시작했다. 말갈의 야생마와 문덕은 그야말로 하나가 되어 화살처럼 퉁

겨 나갔다.

"여어! 제법인걸! 그것도 외인이."

질풍같이 달리는 문덕의 귓전에 걸걸한 음성이 파고들었다. 동시에 문덕의 옆으로 말과 기수가 번개처럼 따라붙었다. 힐끗 옆을 돌아본 문덕은 고삐를 잡아챘다.

히히히이이잉—.

말은 문덕의 손길에 따라 앞발을 높이 흔들며 질주를 멈추었다. 그러나 따라붙은 말은 바람을 일으키며 그대로 문덕을 지나쳐 갔다. 문덕은 이내 상대의 의도를 알아챘다.

'말로써 말갈을 당할 사람은 없다는 건가?'

문덕은 말의 옆구리를 힘차게 걷어찼다. 그러자 말은 마치 바람처럼 쏘아져 나갔다.

문덕은 머지않아 상대를 따라잡을 수 있었다. 그러나 상대 역시 더욱더 속도를 올렸다. 한참 동안 두 기수는 말을 박차며 평원을 질주했다. 차가운 새벽 바람이 칼날처럼 이들을 스쳐 갔지만 이들은 전력을 다해 달렸다.

"헉, 허— 허허— 휘유, 정말 대단하군 젊은이."

어둠의 기운이 완전히 물러가고 사위가 밝아오기 시작할 때에야 지친 듯한 상대의 걸걸한 음성이 말발굽 소리 사이로 다시 들려왔다. 힘차게 말의 고삐를 쥐어채자 말은 한참 동안이나 상체를 들고 요동치며 큰 울음소리를 냈다. 문덕은 천천히 말을 뒤로 돌렸다.

숨을 고르고 있는 상대의 얼굴이 눈에 들어오자 문덕은 내심 놀랐다. 청년일 것이라 여겼던 상대는 의외로 꽤 나이가 있는 이였다. 상대의 덥수룩한 수염 사이에 희끗희끗한 털오라기들이 숨어 있는 것이 보였다.

"휴우, 후우— 젊은이는 어디서 왔는가?"

"동남쪽에서 왔습니다."

"고구려 사람이란 말인가? 내 자네처럼 뛰어난 기수는 처음 보네."

"노인장께서도 훌륭하십니다."

"허허, 하여튼 대단하네. 아마 고구려의 뛰어난 장수일 테지? 이름이 무언가?"

"을지문덕입니다."

"무엇이? 을지문덕! 바로 그 을지문덕!"

문덕은 고개를 끄덕이며 노인에게 물었다.

"노인께서는?"

그러나 대답 없이 한참 문덕이라는 이름만 되뇌던 노인이 갑자기 너털웃음을 터뜨렸다.

"문덕…… 문덕! 허허. 반갑네. 아야진은 내 조카일세. 지금은 임시로 내가 말갈의 대족장을 맡고 있네. 언젠가는, 아

니 이제 머잖아 그에게로 넘어갈 자리이지. 어쨌든 내 이제
야 고맙다는 인사를 하게 되는군."

말을 마친 노인은 갑자기 말에서 뛰어내렸다. 그러고는 문
덕이 채 말릴 틈도 없이 문덕 앞에 엎드려 큰절을 했다.

"부족을 구해준 은혜, 진정 고맙네."

"이러지 마십시오."

문덕이 말에서 내려 노인의 어깨를 잡았지만 노인은 요지
부동이었다.

"진정 고맙네."

"저로서는 마땅히 해야 할 일이었습니다."

한참 뒤에야 노인은 몸을 일으켰다. 일어서서 문덕을 바라
보는 노인의 얼굴이 차츰 바뀌는 것이 문덕의 눈에 들어왔
다. 이윽고 노인의 얼굴은 언제 큰절을 했더랬느냐는 듯 굳
어졌고 그 굳은 얼굴에서 침중한 목소리가 흘러나왔다.

"내 자네에게 묻고 싶은 것이 하나 있네."

문덕은 묵묵히 노인의 말을 기다렸다.

"자네는 무슨 일로 이곳에 왔는가? 은혜를 갚으라고 찾아
온 것인가? 이 말갈 땅에."

두 영웅

문덕이 노인을 만나고 있을 즈음, 아야진은 무서운 악몽에서 막 헤어나고 있었다.

"안 돼!"

외마디 소리가 입에서 터져나왔다.

"안 돼…… 아, 아버님!"

꿈에서 깨자 차츰 익숙한 풍경이 눈에 들어왔다. 자신의 막사.

아야진은 머리카락을 움켜쥐었다. 아직 꿈속의 장면이 머리에서 완전히 떠나지 않은 상태였다. 머리가 무겁고 탁한데다 등줄기에 흐르던 식은땀이 기분 나쁘게 말라붙어 아야진을 더욱 불쾌하게 했다. 아야진은 눈을 찌푸린 채 꾹 감았다가 떴다.

"후……."

어지러운 시야에 엎드려 잠들었던 술상이 나타나고서야 아야진은 겨우 정신을 차릴 수 있었다.

"꿈이었군!"

아야진은 손등으로 흘러내리는 식은땀을 닦았다.

문덕과의 재회는 흐려져가던 과거의 기억을 더욱 선명히 떠올리게 해주었다. 그 기억은 좀 전의 꿈에서 생생하게 살아났다. 아야진은 그 무서운 기억을 다시 머릿속에 확연히 담아두려는 듯 그 광경들을 하나씩 떠올렸다. 이태 전의 참사. 아버지의 죽음, 부족의 슬픔. 아야진은 눈을 감았다.

이태 전의 봄, 말갈의 땅.

"죽어랏!"

아직 앳된 얼굴의 아야진은 양손에 검을 쥔 채 기병들을 향해 달려들었다. 두 손에 쥔 검이 빛을 발할 때마다 적의 입에서는 비명이 터져 나왔다. 아야진은 대족장인 아버지가 걱정되었으나 뒤를 돌아볼 틈이 없었다. 쉴 새 없이 내지르는 창끝을 피해가며 적병의 목에 칼을 날릴 뿐이었다. 그토록 많아 보였던 적병들은 이제 숫자가 상당히 줄어 있었다.

'아, 아버지. 어디 계세요?'

잠시 딴생각을 하는 사이 칼날이 눈앞을 스쳐 지나갔다. 아야진은 흠칫 놀랐다. 이제까지와는 전혀 다른 대단히 날카로운 기세였다. 칼날이 지나가자 병사들의 창날은 더 이상 날아들지 않았다. 적장인가. 잔뜩 긴장한 아야진의 손에 땀이 배어 나왔다.

"제법이군. 장수인가?"

마치 얼어붙을 듯이 차가운 목소리였다. 경계를 늦추지 않고 천천히 고개를 돌린 아야진의 눈에 남색 옷을 입은 청년의 모습이 들어왔다. 청년은 보통의 검보다 약간 짧고 얇은 검을 든 채 아야진을 바라보고 있었다. 아야진은 짧게 대답했다.

"대족장의 아들이다."

"그렇다면 잡졸들보다 나은가."

차게 내뱉은 청년은 곧바로 검을 곧추세우고 아야진을 향해 도약했다. 경시할 수 없는 속도였다. 긴장한 아야진은 한 칼을 휘둘러 청년의 검을 막는 동시에 또 다른 칼로 상대의 복부를 후렸다. 그러나 청년은 아야진에게 순순히 당해주지 않았다. 청년은 아야진의 검과 닿자마자 달려오던 자세 그대로 몸을 옆으로 뒤집으며 오히려 그의 가슴팍을 베어버렸다. 아야진은 간신히 피해 청년의 검을 스치는 것만으로 끝낼 수 있었다. 단 일합에 자신은 그의 상대가 아님을 느낄 수 있었다. 아야진은 내심 상대에게 감탄했다.

'무서운 무예다.'

아야진은 본능적으로 죽음을 예감했다. 이제 적이 한 번만 더 칼을 휘두르면 죽음에 이르리라. 아야진은 당황하며 검을 들어올렸다. 그때였다.

"말갈인, 내게는 사랑하는 여인이 있었다."

청년은 아야진을 향해 뜬금없는 한마디를 내뱉었다. 그러고는 잠시 말없이 서 있던 그가 잠시 후 다시 짓쳐들어왔다. 아야진은 간신히 검을 휘둘러 그를 막아냈다.

"한데 빼앗겼지, 황제에게."

아야진의 귀에는 청년의 말이 제대로 들려오지 않았다. 휘몰아쳐오는 청년의 검을 죽을힘을 다해 겨우겨우 막아내고 있을 뿐이었다. 청년은 장난을 치듯, 다시 동작을 멈추고는 이해할 수 없는 말을 내뱉었다.

"죽여다오! 이 불행한 인간, 양광은 더 이상 살고 싶지 않아!"

남색 옷을 입은 청년은 바로 양광이었다. 양광은 말과 동시에 손에 쥔 검을 놓아버렸다. 양광의 검을 막기 위해 날아가던 아야진의 검이 그대로 허공을 가르며 양광의 어깨를 스쳤다. 피가 튀었다. 아야진은 당황했다.

'미친 자인가?'

아야진은 선 채 눈을 감고 있는 양광을 발로 차서 땅에 쓰러뜨렸다. 나동그라진 그대로 비장한 표정을 지은 채 눈을 감고 누운 양광을 보자 죽이고 싶은 생각이 들지 않았다. 아야진은 잠시 양광을 바라보고 나서 다시 적을 향해 달려들었다. 순간 저자를 인질로 이용해 위기를 벗어날까 하는 생각이 들었으나 이내 고개를 가로저었다. 그의 마음속에서 자존심이 고개를 들었던 것이다. 자신은 자랑스러운 말갈인이다. 재차 검을 휘두르며 적들 사이로 뛰어들었다.

"이놈은 뭐야?"

한참 병사들을 베어 넘기기에 여념이 없던 아야진의 등 뒤에서 투박하고 굵직한 목소리가 들려왔다. 긴장한 아야진은 앞 병사의 목을 재빨리 날려버린 뒤 반동으로 뒤를 돌아보았다.

뒤에는 무시무시한 크기의 대도를 든 거한이 벌건 얼굴로 자신을 훑어보고 있었다. 그리고 아야진은 정신을 잃었다.

"으음……."

태양이 눈 위에 빛나고 있어서인지 눈이 쉽게 뜨이지 않았다. 눈을 찌푸리며 몸을 일으킨 아야진은 재빨리 주위를 둘러보았다. 잘 보이진 않았지만 옆에 있는 사내들의 얼굴만은 알아볼 수 있었다. 일단은 살아 있는 그들이 무척 반가웠다. 그들도 아야진을 보자 힘없이 웃었다.

"어?"

그러나 그들은 포박당한 상태였다. 게다가 자신도 마찬가지였다.

"깨어났군, 전사."

종전의 남색 옷을 입은 청년 양광이 시체 위에 앉아 있었다. 잠시 양광을 노려보던 아야진의 시선은 청년 뒤의 거인에게 가닿았다. 거인을 본 것까지만 기억났을 뿐 어떻게 기절했는지조차 가물가물했다.

"네가 깨어나길 기다리고 있었어. 너만 할 수 있는 일이 있거든."

아야진은 양광의 말을 몇 번 되새겨본 뒤에야 대답했다.

"뭐냐?"

양광이 갑자기 고개를 숙였다. 아야진의 눈에 비친 양광의 얼굴에는 묘한 표정이 그려져 있었다. 한참 동안이나 그렇게 고개를 숙이고 있던 양광은 이윽고 이상한 목소리로 입을 열었다.

"대족장의 아들, 미안하다."

아야진은 어이가 없었다. 상대는 미친 것이 분명했다. 그리고 미친 청년의 입에서는 이내 무시무시한 말 한마디가 너무도 어울리지 않는 억양으로 흘러나왔다.

"너희 모두를 죽이겠다!"

아야진을 비롯한 말갈족 포로들은 모두 아연했다. 이 미친 청년이 간단히 내뱉은 말은 결코 농담으로 들리지 않았다.

자신들 모두 살해당하리란 예감이 들었다. 아야진은 조용히 물었다.

"여자와 아이들은 살려줄 수 없나?"

"나는 이 세상을 피로 물들여야 할 운명을 가지고 태어났어. 게다가 내게는 슬픔이 필요하다."

오히려 미친 사람을 상대로 살려달라고 말한 자신이 이상한 것 같았다. 아야진의 머릿속에는 처참한 기분과 함께 온갖 생각이 동시에 떠올랐다가 사라져갔다. 상대가 너무도 쉽게 내뱉는 죽음이라는 말이 마치 한줄기 산들바람처럼 가볍게 느껴졌다. 하지만 그 때문에 왠지 더 무서웠다.

양광은 고개를 푹 숙인 채 가끔씩 등을 들썩이는 것 외에는 아무런 행동도, 아무 말도 하지 않았다. 수백 명의 장정과 그보다 배가 넘는 여자와 어린아이들이 모여 있었지만, 어느 누구도 입을 열지 않고 어느 누구도 움직이지 않았다. 단지 모두 미친 사나이 양광에게서 눈을 떼지 못하고 있을 뿐이었다.

얼마나 시간이 흘렀을까. 이윽고 양광은 흐느낌을 멈추고 입을 열었다. 아야진의 멍한 머릿속에 양광의 말이 들려왔다.

"후, 보자. 네 부탁을 들어주겠다. 여자와 아이들을 살려달라고 했지?"

"그렇다!"

아야진은 일말의 희망을 품고 즉각 대답했다.

"부탁한다."

"그래, 여자와 아이들뿐 아니라 모두를 살려줄 테니, 대신 네 아버지 대족장을 죽여라. 말갈의 대족장은 자식의 손에 죽는 거다. 단, 내가 서른을 셀 동안. 아니면 모두 죽는다."

"그, 그런!"

"하나."

아야진은 아연했다.

"열하나."

"내가 죽고 나면 반드시 대족장 자리를 놓고 부족이 갈라설 것이다."

"열다섯."

"슬기롭게 대처하거라. 너는 어려서부터 총기가 있었으니 잘 해내리라 믿는다."

"아, 아버지. 이건, 이건 아닙니다!"

"열아홉."

"아야진! 말갈의 기상을 잊지 마라!"

"잠깐! 잠깐만!"

"스물하나."

아야진은 부르짖었으나 청년은 아랑곳하지 않았다. 대족장 인 아버지가 안쓰러운 얼굴로 아야진의 뺨을 두어 번 쓰다듬었다.

"자, 이제 찌르거라. 저자가 언제 돌변할지 모르니."

"아, 안 됩니다. 절대, 절대 그럴 순 없습니다. 이봐, 잠깐만 멈춰다오. 부탁이다! 잠깐만!"

"스물셋."

"어서 찔러라! 아야진, 나는 괜찮다. 내 희생으로 부족을 지킬……."

"그럴 순 없습니다! 잠깐만!"

"스물넷."

"찌르라니까! 그렇지 않으면 너와 나, 너의 동생. 그리고 우리 부족 전체가 죽는다!"

"안 됩니다…… 안 됩니다. 아버지! 죽어도 그럴…… 수는 없습니다……."

"스물다섯."

"어서 찔러!"

"……스물여섯."

아야진의 눈에서는 하염없이 눈물이 흘러나왔다. 비참했다. 단지 청년의 노리갯감이 되어 아버지를 죽여야 하는 현실을 그는 미친 듯이 저주했다.

"찔러라. 대족장으로서 명령한다!"

"하악…… 헉. 안 됩니다, 아버지. 커—흑."

"스물아홉."

"아야진! 반드시 부족을 지켜야 한다! 큭!"

아야진의 떨리는 손이 아버지의 가슴에 깊숙이 찔린 검의 손잡이를 붙들고 있었다. 끊임없이 눈물이 흘러나왔다. 대족장, 아야진의 아버지는 외마디 소리를 지르며 아야진의 검에 스스로 몸을 숙여 관통시켰다. 가슴에서 피를 흘리며 아버지가 입을 열었다.

"아야진! 아, 아야진. 부족을 건사해야 한다. 부족을!"

아야진은 아버지의 말을 들을 수도, 그의 얼굴을 바라볼 수도 없었다. 차라리 아버지의 숨이 조금이라도 빨리 멈추어 고통이 사라지기만을 바랐다. 아야진은 피눈물을 흘리며 검을 더욱 비틀어 박았다. 족장의 몸이 재차 늘어지며 힘없는 입술이 다시 열렸다.

"다시는 이런 치욕을 당하지 마라…… 내 아들아."

"으아아아!"

아야진은 검을 휘둘러 뽑았다. 쓰러지는 족장의 몸이 피분수를 뿜어내며 땅에 부딪히는 소리가 들렸다. 고개를 숙이고 있던 아야진의 눈에 쓰러진 족장의 얼굴이 들어왔다. 누구도 원망하지 않는 따뜻한 얼굴이었다.

아야진은 땅에 무릎을 꿇고 오열했다. 아버지의 가슴을 찔렀던 바로 그 칼을 목줄기에 박고 그대로 아버지의 뒤를 따르고 싶은 마음뿐이었다. 그러나 아야진은 손으로 칼날을 움켜쥐며 겨우 참아냈다.

개죽음.

그건 개죽음이었다. 부족을 살렸다는 안도감에 그토록 온화한 얼굴로 죽어간 아버지의 유언을 지켜야만 한다는 생각이 아야진의 머릿속에서 또렷하게 살아나고 있었다.

"아!"

그리고 그 생각 위로 후회가 물밀듯 밀려왔다.

애초에 자신이 저 미친놈을 죽이기만 했어도……. 아야진은 검을 내팽개친 채 땅에 엎드려 미친 듯 울부짖었다. 그러기를 한참의 시간이 흘러갔다.

"이제 일어나게."

아야진은 고개를 들어 앞을 보았다. 양광이 자신을 지켜보고 있었다.

"또…… 또 무엇인가……. 아직도 바랄 것이 남았는가……?"

오열하던 아야진은 흙과 눈물로 범벅이 된 얼굴을 들고 나오지 않는 목소리를 짜내어 청년에게 신음하듯 말했다. 이미 쉴 대로 쉬어버린 목에서는 야수의 울음과도 같은 소리가 새어 나왔다.

청년의 뒤에 있던 병사들이 결국 웃음을 참지 못하겠다는 듯 킥킥대기 시작했다. 몇몇은 아예 대놓고 웃음을 터뜨렸다. 아야진이 눈물로 희뿌예진 눈을 들어 그들을 노려보았지만 그들의 웃음소리는 더욱 커져갔다. 그들의 야유는 결국 양광이 고개를 뒤로 홱 젖히며 무서운 눈빛을 뿌리고서야 멎었다.

"환! 웃은 놈들을 다 죽여라!"

말이 떨어짐과 동시에 거인 석환의 대도가 몇 번 허공에서 춤을 추었다.

"웩!"

"아악!"

"헉!"

열대여섯의 병사가 외마디 비명만 남긴 채 목이 달아나버렸다.

"오오!"

그 모습을 본 모든 말갈족은 말할 것도 없고 수의 장군이나 병사들도 오금을 저렸다. 심지어는 갓난아이들조차 울음소리 하나 내지 않았다. 그러나 다시 아야진에게 고개를 돌린 양광은 여전히 슬픈 얼굴을 하고 있었다.

"아!"

아야진은 무서웠다. 세상에 이토록 무서운 사람이 있을 거라고는 생각조차 해본 적이 없었다. 자신의 칼로 아버지를 죽인 슬픔보다 양광이라는 존재에 대한 두려움이 더 무섭게 파고들었다.

양광의 입술이 꿈틀거렸다.

"이제 너희가 죽어야 한다."

아야진은 양광의 말을 잠시 이해하지 못했다. 다시 양광의 말을 되새기고, 한 번 더 머릿속에 떠올렸다. 한 글자 한 글자가 아야진의 머리에 또각또각 박혔다.

"뭐? 뭣……!"

순간 아야진은 망치로 뒤통수를 맞은 듯한 충격과 함께 머릿속이 하얗게 탈색되어가는 것을 느꼈다. 아직도 온기가 채 가시지 않은 대족장의 시체가 눈에 들어왔다.

"흡!"

소리 지를 기력도, 분노를 터뜨릴 감정도 아야진의 마음속에는 남아 있지 않았다. 멍한 얼굴로 몸을 일으킨 아야진은 양광의 얼굴에 대고 빌듯이 말했다.

"살려준다고 하지 않았나! 내가 대족장을 죽이면 모두 살려준다고 하지 않았나!"

"그래, 그랬지."

"그런데 지금 도대체 무슨 말을 하는 거야?"

"너희를 모두 죽이겠다고 했다."

"약속하지 않았나! 약속을 하고 이게 무슨 짓이야!"

"마음이 바뀌었어. 말보다는 마음이 중요하지 않은가?"

"무슨 소리를 하는 건가?"

"약속은 단지 말에 불과해. 나의 마음은 말보다 중요하다. 그래서 너희는 죽어야 한다."

"아아!"

아야진이 눈을 들어 보니 부족민들이 멍한 눈으로 대족장의 시체를 바라보고 있었다. 아야진의 의식이 아득히 멀어졌다. 아야진은 초점 없는 눈으로 대족장의 피가 묻은 검을 꾸욱 눌러 쥐었다. 아야진의 손톱들이 검자루에 거칠게 눌려 부서져 나갔다.

"다…… 죽여버리……."

그러나 그런 그를 향해 수백 명의 적병이 활을 겨누고 있었다. 아야진은 파도처럼 밀려드는 절망감에 순간 앞으로 고꾸라져버렸다.

양광이 손을 들어 올렸다. 그의 손이 떨어지는 순간, 평원에는 처참한 일대 살육극이 벌어질 참이었다.

"양광, 너도 사나이라면……."

아야진의 희미한 목소리 위로 양광의 차가운 손이 떨어져 내렸다.

"베어라!"

바로 그때였다.

"멈춰라!"

크고 낭랑한 목소리였다. 칼을 막 뽑아 쥔 병사들은 그 목소리에 행동을 멈추었다. 살아 있는 사람들의 눈동자가 일제히 목소리가 들려온 방향을 향했다. 그곳에는 한 청년이 서 있었다. 청년은 아야진과 병사들에게 다가왔다. 청년이 양광 바로 앞까지 걸어오자 양광의 차가운 눈길이 청년을 향해 뻗쳐 나갔다.

"너는 말갈의 잡부가 아니군. 어디서 온 자냐?"

한 사내가 양광을 대신해 앞으로 나서며 물었다.

"고구려."

짧게 대답한 고구려 청년이 양광을 향해 조용히 물었다.

"지금 이 사람들을 모두 죽이라 했는가?"

"그렇다."

양광은 태연히 대답했다.

"그것은 옳지 않다. 게다가 이들을 해치면 너는 더욱 괴로워질 것이니."

"어째서지?"

"네가 평범한 자가 아닌 까닭이다."

양광은 메마른 웃음을 지었다.

"재밌군. 내가 평범한 자라면 달라지는 것이라도 있는가?"

"그랬다면 이미 너를 베었을 것이다."

청년의 말에 양광은 툴툴거리며 웃었다. 옆에 있던 부장들이 일제히 칼을 뽑아 들며 나섰다.

"네놈 잡배가 환장했구나!"

"관둬라!"

양광이 휘하 부장들을 향해 고개를 저었다.

"재미있는 자로구나. 덕분에 조금이나마 내 기분이 나아졌다."

"그렇다면 이제 그만 돌아가라."

"그래, 맞아. 어서 일을 끝내고 돌아가야지. 너도 보아라."

양광이 다시 손을 치켜들자 아야진을 비롯한 말갈인들은 곧 체념했다. 양광이 순순히 청년의 말을 듣는 것 같아 일단의 희망을 가졌으나 역시 양광은 그들을 놓아줄 마음이 없는 듯싶었다. 양광이 손을 내리기 직전, 고구려인의 입에서 조용한 목소리가 흘러나왔다.

"너희 조정에는 네가 저들을 죽이기를 바라는 사람들이 있을 것이다."

다소 생뚱맞은 청년의 말에 양광은 손을 든 채 궁금한 듯 물었다.

"너는 나를 알고 있는가?"

"물론! 너는 환영받지 못하는 자. 조정에 말이라도 난다면 결코 무사하지 못할진저."

양광의 눈빛이 돌연 날카로워졌다. 청년은 이상하리만치

양광의 처지를 잘 알고 있었다. 묵묵히 청년을 노려보며 미동도 않고 있던 양광이 감정 없는 목소리를 내뱉었다.

"사람은 죽으면 말하지 못하는 법."

고구려인이 잠시 눈을 들어 양광의 군사를 훑었다.

"나를 죽여 입을 막겠다는 것인가?"

"그러하다면?"

"하고 싶은 대로 하라."

청년의 얼굴에는 오히려 웃음이 떠올랐다. 이상한 일이었다. 양광은 왠지 그를 죽이고 싶지 않다는 생각이 들었다. 만약 이 기품 있는 고구려인을 죽였다가 고구려와 다툼이라도 벌어진다면 자신의 약점을 찾기에 혈안이 되어 있는 형 양용과 그의 신하들이 들고일어날 것이 분명했다. 진나라를 정복하기 전에는 고구려와 마찰을 일으키지 말라는 황제의 엄명이 내려진 터였다.

하지만 그러한 생각도 잠시뿐, 양광의 심지는 다시 엉클어졌다. 온 세상에 피칠갑을 하리라 맹세하지 않았던가. 자신은 지금 무엇을 망설이는가. 그의 정신에 다시 초점이 사라졌다. 죽여야만 한다. 모두 죽어가며 슬픔을 느껴야만 한다. 주령은 너무나도 슬프게 죽어갔다. 정인의 손에 죽음을 당해야 했던 주령처럼, 아무 잘못 없이 죽어간 주령이 억울하지 않으려면, 그녀처럼 아무 잘못 없이 죽어야 하는 자들이 필요하다. 억울해하며 죽어가는 자들이 필요하다. 죽어가며 울부짖는 자들이 필요하다.

그러나 이자는 죽음 앞에서 태연하다. 자신의 명령 한마디에 비참하게 생명을 마쳐야 하건만, 그는 슬퍼지도도 겁내지도 않았다. 죽는다 해도 시원하게 자신의 속을 풀어줄 것 같지 않았다. 이래서는 결코 주령을 달래줄 수 없다. 그 생각을 하자 머리가 깨질 듯 아파왔다.

곧 양광의 눈이 붉어지면서 그의 입에서 스산한 목소리가 흘러나왔다.

"좋아, 너만은 살려준다."

"말갈은?"

"말갈? 너는 왜 이들을 살리려는 거지?"

"이들 말갈은 우리 고구려와 같은 핏줄을 지닌 형제인 까닭이다!"

청년의 목소리는 여전히 나직했으나 초원 위로 또렷이 퍼져 나갔다.

뜬금없는 소리였지만 비참한 상황에 처한 말갈인들에게는 마음에 꽝 울려오는 말이었다. 절망 어린 말갈 젊은이들의 눈에 묘한 기색이 스쳐 지나갔다. 평소 고구려를 같은 민족이라 여겨본 적이 없는 까닭이었다.

"고구려는 결코 형제를 저버리지 않는다."

'……형제?'

사내의 이 묘한 말에, 냉기로 가득 차 있던 말갈의 초원에 서서히 온기가 돌기 시작했다. 말갈의 젊은이들은 이 절망의 무저갱 속에서 일말의 희망이 피어나고 있음을 느꼈다. 비록 단 한 명의 사내였으나 그가 무엇인가 말갈에 희망을 가지고 온 듯 느껴졌다.

"고구려인."

양광은 천천히 고개를 저었다.

주령의 억울함을 달래줄 수 있는 더 좋은 방법을 찾아낸 듯했다. 형제인 말갈을 위해 목숨을 내던진다는 고구려. 과연 고구려가 진정 그러할 수 있을까. 말갈인 몇을 구하기 위해 역사 속에서 지워져도 좋다는 말인가.

양광의 얼굴에 비웃음이 떠올랐다.

"고구려."

얼굴을 씰룩거리며 내뱉는 양광의 음성은 묘하게 뒤틀렸다. 그러고는 입을 굳게 다물었다. 침묵 속에서 양광과 청년은 한참 동안이나 눈 한 번 깜박이는 법 없이 서로를 응시하며 서 있었다.

"나는 북주, 아니 수의 장군 양광이다."

한참 시간이 흐른 후 양광이 입을 열었다. 탁하지만 강하기 이를 데 없는 목소리였다.

"을지문덕이다."

고구려인이 담담히 받았다.

스르릉—.

한동안 고구려인 을지문덕을 응시하던 양광은 검을 뽑아 서서히 그의 목에 겨눴다. 주위의 가라앉은 적막감 속에 검 날의 떨림이 스산하게 퍼져 나갔다.

"너는 평범한 인간이 아니다. 이곳에 나타난 데에는 필시 연유가 있을 것. 그게 무어냐?"

을지문덕은 대답하지 않았다. 양광의 검이 그의 목 앞에서 정확히 멈추어 섰다.

"천하의 누구도 이 검 앞에서 이렇듯 태연할 수는 없는 법."

양광은 검에 힘을 주었다. 검이 을지문덕의 목을 슬쩍 찌르 자 몇 방울 피가 맺혔다. 그러나 문덕은 담담한 얼굴로 양광 에게 한마디 던졌다.

"너는 실성했지만 영웅의 기색이 있는 자, 시간을 기다릴 줄 안다면 천하를 가질 것이다. 그때 나를 죽이라."

문덕의 말에 양광은 돌연 크게 웃었다. 마치 모든 것을 알 고 있다는 듯 주워담는 문덕의 말이 우습기도 하면서 신기하 기도 했다. 이상하게도 그만은 죽이고 싶지 않았다.

"그래. 네 말이 맞다. 지금은 때가 아니지."

양광은 한참 생각하다 검을 거두고 돌아섰다. 순간 주위는 시간이 멈춘 듯 완전히 가라앉았다. 무서운 기세가 양광의 주위로 뻗어 나와 사방을 강하게 내리누르고 있었다.

양광은 몸을 돌려 병사들을 향해 걸어갔다.

"장군! 무서운 놈입니다. 지금……."

거한이 앞으로 나서면서 양광의 팔을 잡았다.

짜악—.

양광은 매몰차게 거한의 뺨을 올려붙이고 그를 그냥 지나쳐 갔다. 거한이 어울리지 않는 무거운 얼굴로 중얼거렸다.

"대장……."

"전군, 돌아간다."

양광은 병사들을 향해 짧게 내뱉고는 문덕을 향해 돌아섰다.

"꼭 기억해두지, 을지문덕."

양광을 바라보던 아야진은 흠칫 몸을 떨었다. 생전 그토록 무시무시한 눈빛은 한 번도 대한 적이 없었다. 서둘러 시선을 피한 아야진의 눈에 고구려인의 모습이 들어왔다. 고구려인은 묵묵히 받았다.

"지켜보겠다."

회상은 여기까지였다.

막사 안의 아야진은 두어 번 머리를 흔들었다. 오래전의 기억. 아버지를 제 손으로 죽여야 했던, 뼈저리게 무력함을 느껴야만 했던 기억이었다. 만약 그때 문덕을 만나지 못했더라면 모두 죽음을 당했을 것이 분명했다.

"양광!"

아야진은 짧게 내뱉었다. 말갈은 너무나 무력한 부족이었으며 부족을 건사하기 위해서는 수나라에 복속되어야 하는 것도 사실이었다.

"우리의 기상을 지켜야 한다."

아야진은 혼잣말로 중얼거렸다.

"수나라의 졸개가 되어 평생을 무시당하며 사느니 차라리 죽는 것이 낫다!"

다시 한 번 다짐하며 아야진은 막사 밖으로 걸어 나갔다. 대족장을 만나서 할 이야기가 있었다. 그는 요즘 들어 마음이 흔들리고 있었다. 그리고 말갈은 조금씩 분열되고 있었다. 수나라 사신을 대하는 대족장의 얼굴에 최근 들어 웃음이 깃드는 횟수가 눈에 띄게 늘고 있었다.

대족장은 항상 새벽의 초원에서 말을 달리곤 했다. 막사를 나서서 한참 걷자 말 타는 청년들이 나타났다.

"대족장께서는?"

청년들이 대답 대신 손짓으로 가리켰다. 그곳에는 대족장이 문덕과 함께 나란히 말을 세워놓은 채 서 있었다.

그들을 향해 다가가던 아야진은 들려오는 목소리에 문득 걸음을 멈추었다. 대족장의 목소리였다.

"말하라니까! 무엇을 가지러 왔는가?"

노인의 물음에 문덕은 잠시 동쪽으로 고개를 돌렸다. 문덕의 눈길을 따라 노인도 동쪽을 바라보았다. 지평선 위로 해가 천천히 떠오르고 있었다. 문덕은 한 손을 지그시 들어 해를, 그리고 지평선 끝에 있는 땅을 가리켰다.

"가지러 온 것은 말갈의 마음이오."

"뭐라? 말갈의 마음이라!"

노인은 서쪽으로 고개를 돌렸다. 아직 어둠에 묻혀 잘 보이지 않는 먼 산이 노인의 허한 눈에 들어왔다.

"일전에 자네는 말갈이 고구려의 형제라고 했다면서?"

"그렇소. 말갈인 중에 고구려를 마음의 고향으로 생각하는 이들이 많은 것은 대족장도 알고 있지 않소?"

"음."

"수가 아무리 강하다 해도 마음의 고향을 버릴 수는 없는 법. 말갈은 그런 부족이 아니오. 말갈은……."

문덕은 잠시 말을 끊었다. 그리고 한 자 한 자 힘주어 또렷하게 말을 이었다.

"역시 고구려의 형제입니다."

노인은 순식간에 솟아오르는 태양에서 눈을 떼지 못했다.

이상하게도 심장이 뛰었다. 수나라 사신의 달콤한 말보다 훨씬 더 가슴 깊이 울려 오는 말이었다.

"말갈이 고구려의 형제라. 그렇군. 고마운 말씀이네."

아야진은 뛰는 가슴을 도저히 진정할 수 없었다. 그 말이 의미하는 바가 무엇인가. 말갈을 결코 수나라에 내주지 않겠다는 고구려의 굳은 의지가 아니겠는가. 역시 그가 생각했던 대로 문덕은 말갈을, 아니 자신을 구하러 온 것이었다. 대족장이 아야진을 보더니 단호하게 말했다.

"아야진, 너는 을지문덕을 따라 고구려로 가라!"

대족장의 목소리는 아야진의 머리를 꽝 울렸다.

"고구려에 가라구요?"

"그래! 그것만큼 수나라에 말갈의 태도를 분명히 보여주는 일은 없을 것이야!"

"그럼 우리는 수에 짓밟힐 텐데요?"

"아니, 그냥 짓밟히지는 않는다. 전쟁이야!"

"전쟁? 수를 상대로요?"

"고구려가 있지 않은가! 아니, 이 사람이 있지 않은가!"

아야진은 감격에 찬 얼굴로 문덕을 바라보았다.

새로이 뜨는 별

588년, 수나라.

새로운 황실이 열린 지 여덟 해가 되는 날. 한 해의 논공행상이 끝나고 떠들썩한 연회가 시작된 마당의 구석진 한 켠에 조용히 자리를 잡는 사내가 있었다. 황자 양광. 놀라운 무예와 지략으로 수나라 안에선 비할 자가 없다고 알려진 그는, 이미 여러 해 계속된 변방 정벌에서 백전백승의 빛나는 무훈을 이룬 바 있었다. 그러나 해마다 이루어졌던 논공행상 속에 그의 이름이 들어 있는 적은 없었다. 올해 역시 마찬가지. 그는 그저 담담한 표정으로 떠들썩하게 시작된 연회를 지켜보고 있을 뿐이었다.

"광이냐."

숙이고 있던 고개를 든 양광의 눈에 한 사내가 들어왔다. 키가 크고 몸이 가벼워 보이는 사내, 양용이 무척이나 못마땅한 눈으로 양광을 쏘아보고 있었다.

"예, 형님."

"네 결코 가벼운 직책에 있지 않을진대, 나라의 큰일이 있거늘 오늘은 또 어디를 그렇게 쏘다니다 돌아왔느냐?"

"진의 첩자에 대한 보고가 들어와 궐 밖에 조사차 다녀왔습니다."

"허, 이제 황자의 신분이건만 그런 보잘것없는 일에까지 굳이 나설 필요는 없지 않느냐. 한때 천한 계집과 어울리더니 그새 물들었던 게냐."

비웃음 섞인 조롱이었지만 양광의 얼굴은 그저 무섭도록 고요하게 가라앉아 있었다.

"앞으로는 조심하겠습니다."

양광은 고개를 숙였다.

"그러도록 해라. 아, 그리고 예전부터 네가 잡배들을 이끌고 성안을 멋대로 누비고 다닌다는 비난의 소리가 있었다. 명색이 장군이라는 아이가…… 내 더 이상 말하지 않겠으나 혹여 폐하께 누가 되거나 심려를 끼칠 일은 말도록 하여라."

"제 휘하 부장들입니다만 형님께서 그렇게 보셨다니, 각별히 주의하겠습니다."

"부장들이 그런 꼬락서니라니. 뭐, 잘 알겠다. 그만 물러가 보거라."

"예, 형님."

양광은 더없이 공손한 태도를 유지한 채 마른 사내에게서 한 걸음 물러섰다. 누가 보더라도 평범한 형과 동생의 관계는 아니었다. 상하 관계. 마른 사내는 양광을 아랫사람 대하듯 바라볼 뿐이었다. 눈에서 불이 번뜩일 법도 하건만, 양광은 그저 수심에 잠긴 얼굴 그대로였다. 걸음을 옮기려던 양용이 흘낏 눈을 돌려 양광을 쳐다보고는 한마디 툭 던졌다.

"참, 광아. 주령이 일은 잊히지가 않는 모양이구나. 묘에 내 꽃도 하나 얹어주거라."

"예."

양광은 다시 정중하게 고개를 숙이고 변함없이 무표정한 얼굴로 뒤돌아섰다. 멀어져가는 양광의 등 뒤로 마른 사내의 눈이 날카롭게 번뜩였다.

'독한 놈.'

꽤 늦은 시각. 연회에서 빠져나와 도성 밖 어딘가를 들른 양광은 여전히 표정 없는 얼굴로 처소를 향해 걷고 있었다.

양광의 처소는 정전과는 멀리 떨어진 곳에 있었다. 양용이 문제(文帝)에게 청한 일이었다. 황자가 조정 가까이에 있어봐야 좋을 일이 없다는 것이었다. 양광도 다르게 생각하지 않았으나 기분이 언짢은 것도 사실이었다. 태자는 양용이며 황제가 그에게 황위를 물려주리라는 것은 당연한 일이었다. 그 역시 처지에 어울리게 이미 예전부터 밖으로 돌고 있었으며 그닥 사교적이지도 않았다. 부친의 뜻에 반한 일도 없고, 양용의 심기에 거슬릴 만한 일 역시 해본 적도 없었다. 그러나 항상 양용은 양광의 일이라면 쌍심지를 켜고 나서서 폄하해 왔다.

"양용."

잠시 형의 이름을 중얼거린 양광은 고개를 저었다. 정인을 잃은 지 일곱 해가 되는 날. 주령. 너무나 사랑했지만 양광 스스로 그녀의 생명을 사그라뜨렸다. 양광은 몸을 떨었다. 그토록 자신을 사랑한다고 말했었는데, 모두 거짓이었을까? 정조를 지킨 채 죽지 못하고 정제를 받아들였던 그녀가 너무 원망스러웠다. 양광의 원망은 곧 아버지 양견에게 향했다. 사실 주령을 그렇게 만든 것은 부친 양견이었다. 자신에게는 말 한마디 없이 정제에게 그녀를 강제로 끌고 갔던 것은 양견이었다.

그러나 양광은 이내 고개를 거세게 저었다. 양견은 나라를 위해 모든 것을 버린 사람이었다. 그토록 강한 자존심을 버리고 중신들 앞에서 비루한 웃음을 흘렸을 뿐 아니라 늙은 선제에게 사랑하는 여식을 바쳤다. 그런 그에게 있어 자식의 정인은 아무것도 아닐 터. 이해하기 싫었지만 이해할 수밖에 없었다. 자신을 낳고 길러준 부친이거늘. 양광의 숨소리가 살짝 거칠어졌다. 대체 누구를 원망해야 하는가. 주령은 무엇인가. 이 나라를 위해 숭고한 희생을 바친 여자인가. 아니면 못난 사내를 둔 탓에 비참하게 희생된 제물에 불과하단 말인가.

척!

터질 듯한 머리를 부여잡은 채 걸음을 옮기던 양광은 뒤에서 갑작스레 나타난 인기척에 서둘러 생각에서 깨어났다. 북주의 잔당들이 보낸 자객인가. 튕겨나가듯 옆으로 물러나며 칼을 뽑아 앞의 시커먼 형체를 겨누었다. 느껴지는 기운이 예사로운 자가 아니었다. 꺼내 든 양광의 예도가 달빛을 받아 살짝 푸르스름한 빛을 흘렸다. 슬쩍 예도를 고쳐 쥔 양광이 한쪽 무릎을 약간 구부렸다. 형체를 향해 몸을 날리려는 순간이었다.

"장군."

투박하고 친근한 목소리. 양광은 한숨을 내쉬며 긴장을 풀었다.

"중문인가."

"그렇습니다."

컴컴한 밤이 되어서인지 얼굴이 잘 보이지 않았다.

"무슨 일이냐? 그렇지 않아도 너희에 대한 형님의 말씀이 있었다."

"조심하겠습니다."

"들어가자."

사내는 양광의 뒤를 따라 집 안으로 향했다. 양광의 집은
그다지 넓은 편이 아니었다. 오히려 황자의 집이라 하기에는
모자람이 있어 보이는 초라한 거처였다. 하지만 양광은 전혀
신경 쓰지 않았다. 되레 사내가 약간 민망한 표정을 보였다.

이윽고 안채에 들어선 양광은 사내와 마주 앉았다. 오늘 같
은 날, 사내가 찾아와준 것이 제법 기분을 풀어주었다. 우중
문(于仲文). 마음을 가장 편히 터놓을 수 있는 사내. 그는 각진
턱에 두꺼운 눈썹을 가진, 전체적으로 검은 얼굴에 남자답게
생긴 청년이었다. 이윽고 시비가 술상을 차려 오자 그는 양
광을 정면으로 쏘아보며 천천히 입을 열었다.

"장군."

"말하게."

"진(陳)으로의 출진을 생각해보셨습니까?"

"뭐?"

사내의 난데없는 말에 술잔을 들던 양광의 손이 멈추었다.

"뜬금없이 그게 무슨 말인가?"

"오늘 역시 논공행상에 장군은 없었습니다. 명색이 황제 폐
하의 둘째 아들이며 공신이신데······. 황후와 황자께서 또 좋

지 않은 말씀을 올리셨겠지요. 지금도 이러한데, 양용 황자께서 조정을 장악한다면 장군은 더욱더 불편한 존재로 남을 것입니다."

양광은 새삼스러운 일도 아니라는 듯 사내의 얼굴을 올려다보며 핀잔을 주었다.

"어디 처음 있는 일인가."

그러나 우중문은 정색을 하며 물러서지 않았다.

"날이 갈수록 상황이 좋지 않습니다."

"음."

"이즈음 해서 분명 말이 있을 것입니다. 장군께서 폐하께 직접 가시겠다 청하십시오. 진으로 몸을 피하는 것과 나라를 위해 공을 세우는 것. 두 가지 일을 한꺼번에 할 수 있습니다."

맞는 말이었다. 이제 빠른 시일 내에 황제는 진을 정벌하고자 할 것이며 이는 양광에게 기회임이 틀림없었다. 하지만 양광은 그닥 내키지 않았다. 자칫했다가는 그를 못 미더워하는 황제의 의심을 살 수도 있는 일이었다.

더욱이 양광은 의심받기 쉬운 사람이었다. 진으로 갈 것을 먼저 청한다면 분명 여러 말이 있을 것이었다. 사실 양광 스스로도 자신을 의심하는 터, 이렇게 묶여 지내는 것이 어떤 면에서는 안심이 되었다. 황제와 형은 그에게서 많은 것을 앗아가기만 하였다. 때문에 지금 진으로 가는 것은 어떤 의미에서는 도피나 마찬가지였다. 잘못한 것 하나 없는 그가 도피할 수는 없는 노릇이라 생각했다.

"장군께서는 조정에 기반이 전혀 없습니다. 일이 난다면 중신들 대부분이 장군의 편을 들려 하지 않을 것입니다."

양광은 말없이 술잔을 비웠다. 사내 역시 그러한 양광의 모습을 보며 씁쓸한 표정으로 따라 술잔을 비웠다. 곧은 사람. 그리고 불행한 사람. 큰 그릇이건만.

마주 앉은 두 사내는 말없이 술잔만 연거푸 비웠다. 불운한 황자 양광도, 그의 오른팔인 사내 우중문도 특별히 입을 열려 하지 않았다. 능력은 있으되 쓰질 못하는 자들. 그 답답함을 묵묵히 술로 달래고 있을 뿐이었다. 밤이 깊어가고 주고받는 술잔이 제법 무거워질 만큼 거나해졌을 무렵, 약간은 어색한 침묵을 양광이 문득 입을 열어 깨뜨렸다. 시간이 꽤지나 밖에는 어둠이 완연했다.

"중문, 자네는 나를 어찌 생각하지?"

"네?"

"어떤 그릇인가 말일세."

"하하하!"

우중문은 양광의 물음에 그저 웃을 뿐이었다. 아마 누군가 우중문에게 세상에서 가장 대답하기 어려운 질문이 무엇인지 물으면 방금 양광이 던진 그것이라 할 터였다.

"장군은 정이 많은 분이지요."

별 깊은 생각 없이 던진 말이지만 다시 생각해보니 적절한 답변이었다. 우중문은 미소를 띠었다.

"그러한가? 한데 내겐 비난처럼 들리는군."

"예. 맞습니다. 장군은 정 때문에 많은 것을 잃었습니다."

"그런가?"

"하지만 바로 그 정 때문에 부하들의 목숨을 받아냈습니다. 무슨 일이 일어나도 장군과 같이 있고자 하는 부하들 말입니다."

"무슨 뜻이야? 예사롭게 들리지 않는군."

우중문은 잠시 망설이다 이윽고 무언가를 결심한 듯 무거운 목소리로 말했다.

"장군, 장군께서는 양용 황자가 장차 황제가 될 재목이라 말할 수 있습니까?"

양광의 표정에는 변화가 없었다. 잠자코 잡고 있던 술잔을 입안에 털어 넣을 뿐이었다.

내친김에 우중문은 양광을 몰아붙였다.

"황제 폐하께서 희생하신, 그리고 장군께서 희생하신 그 많은 것들을 지켜낼 만한 사람이라 말할 수 있습니까?"

챙―!

양광의 손에 잡힌 사기 술잔이 산산이 깨어졌다.

그리고 곧바로 그들의 시간은 얼어붙었다.

어디선가 새벽닭의 울음소리가 들려왔다.

동이 터오는 아침, 양광은 우중문 앞에 그대로 앉아 있었다. 물론 한마디도 하지 않은 채였다. 아직도 우중문은 양광의 입술을 보며 대답을 기다리는 중이었고, 그는 양광의 입술이 움찔거릴 때마다 긴장하고 있었다. 시시각각 조금씩 드러나는 양광의 표정. 끝없는 슬픔에 잠겨 있는 듯하다가 헤어날 수 없는 절망, 그리고 무서운 분노에 이르기까지 양광은 그 자리에서 수십 가지 표정을 보여주었다.

그리고 마침내, 문틈으로 밝은 빛이 새어 들어올 즈음, 양광의 입이 열렸다. 긴 시간 동안 양광의 입술에만 집중해온 우중문은 이번에야말로 양광이 진정 말하려 하는 것임을 알 수 있었다. 우중문은 온 신경을 곤두세워 귀를 기울였다.

"중문, 자네 석환과 겨루어본 적이 있었지."

엉뚱한 말이었다. 우중문은 어깨를 늘어뜨렸다.

"예."

"어땠나?"

"무력으로 그 괴물을 이길 수 있는 자가 세상에 어디 있겠습니까."

"하하!"

우중문의 머릿속에 석환과의 첫 만남이 스쳤다. 화적떼의 수장이던 그를 잡기 위해서는 수백 명에 이르는 정예병이 죽어야만 했다. 전멸한 화적떼의 시체 위에서 홀로 커다란 칼을 휘두르며 날뛰던 괴물. 동료 장수들을 제치고 뛰어나간 그 역시 부끄럽게도 칼을 몇 번 대어보기도 전에 뒷걸음질을 쳐야 했었다. 쟁쟁한 무명을 떨치는 장수들 여럿이 한꺼번에 덤벼들어도 결코 꺾이지 않던 석환은 양광이 가세하고 나서야 칼을 놓았었다.

무인이 자신과 비교해 타인을 인정하는 것은 매우 힘든 일이지만 석환이라면 달랐다. 우중문은 솔직하게 털어놓았다.

"그와는 결코 두 번 다시 칼을 맞대고 싶지 않습니다."

"그런가."

"예."

양광의 얼굴에 가느다랗게 미소가 피어올랐다.

"그럼 석환도 데려가겠네."

"예?"

"그를 써보겠다는 말일세."

"예? 하면 진으로 가시겠다는?"

순간 우중문은 벌떡 일어났다. 결국 그의 각오를 담은 물음이 효과를 발휘한 것인가. 오랜 긴장과 기다림에 푸석푸석해진 우중문의 얼굴에 희색이 만면했다. 가만히 고개를 끄덕이는 양광의 얼굴이 그의 눈에 들어왔다.

"잘 생각하셨습니다, 장군. 진정으로 잘 생각하셨습니다."

"나를 전장으로 내모는 일이 그토록 기쁜가 보군."

우중문의 얼굴은 밝은 기색이 가득했다. 그 바람에 양광도 따라 표정을 펼 수밖에 없었다. 자신을 진정으로 생각하는 사내. 이런 자가 있는데, 어찌 스스로 불행하다고 한탄만 할 것인가. 양광의 마음이 오랜만에 평온해졌다.

"고맙네, 중문."

"장군께서 고맙다는 말씀을 하실 줄이야. 오래 살고 봐야겠습니다. 하하."

그렇게 웃음을 보이던 우중문은 어디엔가 생각이 미친 듯 퍼뜩 웃음을 멈추고 나서 양광에게 물었다.

"한데 석환이라니요. 그는 분명 대단한 무장입니다만, 장군 감은 아닙니다."

"일개 싸움꾼에 불과하다는 말이지?"

우중문의 얼굴이 잠시 일그러졌다.

"아닙니다. 꼭 그런 것이 아니라 환 같은 이보다는 지략에 능한 부장이 필요할 것이라는 생각이 들어서입니다."

양광은 고개를 저었다.

"때때로 지략을 능가하는 무력이라는 게 있는 법이다."

"그렇습니까? 장군의 말씀은 틀리는 법이 없으니, 저는 그저 따르겠습니다."

"황제 폐하를 뵙겠다. 준비를 하고 기다리고 있으라."

우중문은 밝은 얼굴로 자리에서 일어섰다. 그리고 깊은 생각에 빠져든 양광을 뒤로하고, 강직한 사내는 문을 나섰다.

며칠 후의 어전 회의. 우중문의 말대로 과연 이날 황제는 진과의 전쟁에 관한 말을 꺼냈다. 제위에 오름과 동시에 밝힌 천하통일의 포부. 그것은 일곱 해가 지나고 나라가 충분히 다져진 이즈음, 양견의 마음속에 강하게 불타오르고 있었다.

하지만 그의 마음과는 다르게 중신들의 견해는 엇갈렸다.

"폐하, 군사의 숫자가 모자라기도 하거니와, 이제야 겨우 편하게 생업에 힘쓰는 백성들을 전장으로 끌어들이는 것은 나라의 안정을 해치는 일이라 사료되옵니다. 백성들은 지금 복에 겨워 나라를 축원하고 황실에 충성하고 있사옵니다. 새로 일어난 나라의 밝음과 민심을 부디 잃지 마시옵소서."

"폐하, 상서의 말이 틀린 것은 아니오나, 백성의 홍복은 나라에 힘이 있을 때만 가능한 것임을 또한 헤아리셔야 합니다. 비록 화평을 내세웠으나 진은 분명 아직까지 강한 적이옵니다. 게다가 저 동쪽의 고구려를 보시옵소서. 만일 두 적이 손을 잡고 한날한시에 침략을 기한다면 어찌하시겠사옵니까. 한시바삐 진을 정벌하고 천하를 통일해 위엄을 보이셔야 할 것으로 아뢰옵니다."

"진과 고구려가 손을 잡다니! 되지도 않는 소리는 집어치우시오! 고구려는 우리와 대립하려 하지 않을 터! 억측에 불과하오."

"그들이 진과 심상찮은 관계를 유지하고 있다는 사실을 아직도 모르시오!"

"술과 여자에 빠져 나날이 썩어가는 진이 두려울 것이 대체 무어요? 동북의 고구려 또한 약졸에 불과하오. 이제 진을 정벌하면 그들은 스스로 놀라 조공을 해올 것이 분명하오."

"폐하, 그러나 아직은 시기가 아니옵니다. 남진은 무너져가고 우리는 강성해지고 있사옵니다. 조금만 더 놓아두시면 자연스레 우리에게 복속될 것이옵니다."

전란의 시기를 지나 이제야 안정을 찾은 수나라가 전쟁을 피하려는 것은 당연한 일이었으나 언제고 해야 할 일임에는 확실했다. 의견이 분분한 가운데 회의는 점차 격론에 휩싸였다. 주전파의 중심에는 양용이 있었다. 양용이 침이 마를 듯 전쟁을 말하며 강한 전의를 불태우자 양견은 흐뭇한 표정을 띠고 양광에게 눈길을 돌렸다. 그러나 그는 언제나 그렇듯 입을 다물고 묵묵히 앉아만 있을 뿐이었다.

중구난방의 회의는 곧 지지부진함을 견디지 못한 문제의 성난 고함 소리와 함께 끝이 났다. 온건파 신하들의 우유부단함에 치를 떨며 처소로 돌아온 문제는 시종을 시켜 조용히 양용을 불러들였다.

"부르셨사옵니까, 폐하."

"용아."

"예, 폐하."

"너는 오늘 회의에서 나온 중신들의 의견에 대해 어찌 생각하느냐."

"정벌은 언젠가는 해야만 할 일이옵니다."

"갸륵하다. 그러나 이미 알고 있는 사실이니라. 너만의 이야기를 해보라."

양용이 머리를 조아리며 고했다.

"폐하, 사실을 말씀드리자면 아직 시기가 아니라고 생각하옵니다."

"시기? 아까는 분명 전쟁을 말하지 않았느냐!"

서서히 굳어지는 문제의 얼굴을 흘낏 쳐다본 양용은 더욱 깊이 고개를 조아리며 변명하듯 덧붙였다.

"곧 해야 할 일이기는 하나 올해는 좋지 않습니다. 조금 전에 조정을 나서서 천문점을 잘 본다는 이름난 자에게 물었는데, 올해는 수나라의 천기가 약하여 좋지 않다고 하옵니다."

"무어라고!"

불만스러운 중얼거림과 함께 문제의 얼굴이 노기로 붉어졌다. 그리고 이어서 성난 목소리가 터져 나왔다.

"그 시기라는 것이 대체 언제 온단 말이냐! 모두들 시기라는 말만 하고 있구나. 그렇다면 대체 내 생전에 오기는 온단 말이냐! 게다가 너는 이 나라의 황자일진대 어찌하여 요망한 것을 불러다가 국사를 논하느냐! 나는 황제의 말을 하고 있건만 너는 백정의 말을 하고 있구나."

"폐하……."

"나는 수나라의 황제다. 그 썩어빠진 북주를 대신해 천하를 짊어진 대수(大隋)의 황제란 말이다."

"지당하신 말씀이옵니다."

"양용!"

"예, 폐하."

"천하의 주인이 누구더냐?"

"당연히 황제 폐하께옵서 천하의 주인이시옵니다."

"그럼 진은, 고구려는 무엇이더냐?"

"오랑캐와 반역자들의 무리이옵니다."

"내 너에게 50만 대군을 주겠다. 그것으로 진을 무너뜨리라. 할 수 있는가?"

"그, 그, 그것은, 소자 홀로 말씀드릴 수 있는 것이 아, 아니오라⋯⋯."

양용의 머리 위로 문제의 무서운 호통이 날아들었다.

"당장 물러가라! 내 이토록 네가 못난 놈인 줄은 몰랐도다!"

양견의 벼락같은 호통에 당황한 양용은 이내 고개를 깊이 숙이고 물러갔다. 그 뒤로 문제 양견의 긴 한숨이 이어졌다.

"못난 것! 내 천하를 얻었건만⋯⋯."

한참 동안 분을 삭이지 못해 숨을 고르고 있는 양견의 귀로 밖에 시립해 있던 시위의 말이 들려왔다.

"폐하."

"무어냐?"

"이황자(二皇子)께서 들고자 하십니다."

불쾌한 기분이 사라지지 않은 양견에게 시위가 고했다. 양광이 사적으로 찾아오는 일은 무척 드문 일이었다. 아니, 새 황실을 연 뒤로는 거의 없는 일이었다. 양견도 그 이유를 모르는 바 아니었으나, 원체 마음에 들지 않는 자식임에 차라리 잘된 일이라 여기며 그와는 거의 부자의 정을 나누지 않고 있었다. 양용 때문에 가뜩이나 꼬인 심기가 더욱 뒤틀렸다.

돌려보낼까 잠시 생각하던 양견은 곧 심드렁한 목소리로 내뱉었다.

"들라 하라."

양광이 천천히 황제 앞으로 들어왔다. 그리고 무표정하게 고개를 숙였다.

"폐하."

"광이로구나. 늦은 밤에 무슨 일이냐?"

고개를 숙인 양광의 입에서 거침없는 말이 흘러나왔다.

"병사 10만을 주십시오."

다짜고짜 튀어나온 양광의 말에 양견의 얼굴이 씰룩거렸다.

"그것이 무슨 말이더냐. 병사 10만으로 무엇을 하려고 하느냐?"

"진을 정벌하는 것, 10만이면 족합니다."

"무엇이!"

양견은 비웃음을 담은 탁한 눈빛으로 양광을 쳐다보았다.

그러나 양광의 표정에는 흔들림이 없었다.

"……."

"비록 나의 자식이라 할지라도, 함부로 군사를 움직일 수는 없다."

"알고 있습니다."

"게다가 겨우 10만 병사라니. 온 신하들이 다 주저하는 마당에, 네가 무슨 힘으로 진을 공략하겠느냐?"

"가능합니다."

문제는 양광의 얼굴을 뚫어질 듯 노려보았다. 비록 호감은 가지 않지만 어려서부터 말하고 행동하는 데 있어 무게가 있는 아들이었다. 게다가 지략과 무예로 이름난 그이니, 아무 생각 없이 쉽게 이러한 말을 내뱉을 리는 없었다. 게다가 병사 10만. 그 정도는 잃어도 그만인 병력이다. 그러나 십수 배에 달하는 진의 군세에 비하면 그야말로 조족지혈인 작은 병력. 게다가 진은 수성의 이로움을 안고 있다.

"10만이라……."

일이 잘못되면 양광 개인의 책임은 차치하더라도, 수나라는 패전이라는 엄청난 상처를 안게 될 것이었다. 10만이라는 숫자에 잠시 혹했던 양견은 이내 고개를 저었다.

"불허한다. 자식을 사지로 몰아넣는 것은 부모가 할 짓이 아니니라."

"폐하!"

"아니 된다 하지 않았느냐!"

양광은 더 이상의 간(諫)하는 말 없이 문제 앞에 가만히 꿇어앉아 있었다. 그러나 불가의 뜻을 확실히 한 양견은 양광에게 눈길조차 주지 않았다. 하지만 양광은 시간이 제법 흘렀음에도 물러가지 않았다.

"물러가거라!"

양광은 고개를 들었다. 황제의 명이 떨어진 이상 거역해서는 안 되는 것이었다.

그러나 양광은 물러서지 않았다. 문제의 욕심을 잘 아는 그는 오히려 내심 미소를 짓고 있었다. 그는 문제가 흔들리고 있음을 잘 알고 있었다.

"물러가라 하지 않았느냐!"

문제의 호통이 재차 떨어졌다.

그리고 흡사 들으라는 듯 중얼거리는 탁한 목소리가 양광의 목에서 흘러나왔다.

"희생."

"무어라 했느냐?"

문제를 바라보는 양광의 눈은 사뭇 붉은빛을 띠고 있었다.

"희생 말입니다, 폐하."

"무어라?"

"폐하, 저는 폐하께서 백성의 홍복을 위해 얼마만 한 희생을 감수하셨는지 알고 있습니다. 늙은 자에게는 자식을, 어린 자에게는 자식의 배필을 주기도 하셨지요. 백성을 위해 내리신 용단도 잘 알고 있습니다. 그러나 폐하, 여기에는 비록 작으나마 저의 희생도 있었습니다. 제가 희생한 것을 제 스스로 지킬 수 있도록 윤허해주소서. 간절히 바라나이다."

"네…… 이…… 이놈!"

평소 양광의 유순한 모습이 아니었다. 문제는 몸을 떨었다. 문제는 결코 자신을 비난하는 자를 곱게 보아줄 만큼 너그러운 자가 아니었으나 오히려 분노보다는 기묘한 두려움과 동시에 호기심이 일었다.

'이놈…….'

문제는 날카로운 눈으로 양광을 쏘아보았다. 양광은 그러한 문제의 눈을 일말의 흔들림도 없는 강한 눈빛으로 마주보았다. 양광의 얼굴에는 굳은 의지와 신념이 무섭게 번뜩이고 있었다. 문제는 흔들렸다. 비록 분노가 일었지만 시간이 지날수록 그것은 양광의 호언장담에 대한 믿음과 교묘하게 맞물려 들어갔다. 겨우 10만 군사를 따내려고 자신을 도발하는 양광의 모습이 50만 군사에도 고개를 내젓는 양용과 겹쳐왔다.

그대로 한참의 시간이 지나고 나서야 문제는 표정을 풀지 않은 채 내뱉었다.

"그래! 그렇다면 네게 50만 군사를 주겠다. 어디 한번 보여보아라."

그로부터 3일 후, 조정에서는 진제(陳帝) 진숙보(陳叔寶)의 스물네 가지 방탕한 죄를 꾸짖는 양견의 목소리가 울려 퍼졌다. 그 어느 신하도 양견의 정벌령에 반발하지 않았으나, 그 어느 신하도 부장의 자리를 청하지 않은 것 또한 사실이었다. 그런 신하들 사이로 걸어 나간 양광은 무릎을 꿇고 양견이 건네는 칼을 받았다.

행군원수 양광.

이상한 일이었다. 질투와 비웃음이 섞인 얼굴로 이황자를 바라보던 신하들의 얼굴이 묘하게도 양광이 칼을 건네받는 순간 굳어졌다. 대전에는 까닭 모를 차가운 공기가 내려앉았고, 뒤돌아선 양광의 무표정한 얼굴은 섬뜩한 분위기를 더욱 가중시켰다. 그가 대전을 나선 뒤에야 신하들은 가슴을 진정시킬 수 있었다.

다음 날, 허름한 무복을 걸친 양광은 수많은 군사들의 갑주가 뿜어내는 광채 속에서 말을 몰고 있었다.

남진의 멸망

 100기(騎) 남짓의 어수선한 기병들 옆으로 한 사내가 서 있었다. 보통 사람보다 머리 세 개쯤은 더 붙여놓은 듯한 커다란 키에, 몸집도 두 사람을 합쳐놓은 것처럼 엄청난 체격의 사내였다. 달빛을 받아 번들거리는 웃통에 드러나는 수많은 상처는 그가 오랜 세월 동안 무수히 많은 전장에서 싸워온 전사임을 말하고 있었고, 멋대로 휘날리는 장발은 사내가 한족이 아님을 알려주고 있었다. 한 손에는 거대한 도끼를, 한 손에는 상상조차 하기 힘든 크기의 대검을 들고 있었다. 사내가 갑자기 함성을 질렀다.
 "우워어어어—!"
 실로 대단한, 그야말로 산이 울리고 땅이 갈라지는 듯한 고함이었다. 사내의 바로 앞에 도열해 있던 병사들이 놀라서 뒤로 자빠졌다가 재빨리 몸을 일으켜 세우고는 그를 따라 고함을 질렀다.

"와아아아—!"

이들의 함성이 진정으로 대지를 진동케 했던지, 갑작스레 뿌연 모래안개가 생기는 듯하더니 거센 돌풍이 불어왔다. 미친 듯 불어닥치는 돌풍 사이에서도 이들은 흔들림 없이 꼿꼿이 서서 숨이 다할 때까지 함성을 지르고 있었다.

"잠깐!"

병사들의 심장이 터지기 직전, 벌거벗은 사내가 손을 들어 이들을 제지하고는 천천히 그들의 선두로 걸어 나갔다. 사내의 말 한마디에 거짓말처럼 조용해진 이들은 사내의 얼굴에 온 시선을 집중했다. 이윽고, 사내가 거의 고함을 지르듯 말을 꺼냈다.

"우리는 지금부터 남쪽의 잡것들을 치러 간다. 수가 우리보다 몇십 배는 많은 놈들이니 아마 우리는 모두 뒈져버릴 것이 분명하다!"

"와아아아—!"

병사들은 죽는다는 그의 말이 무슨 뜻인지 못 알아듣겠다는 듯 함성만 질러댔다.

"하지만 자긍심을 가져라! 우리는 위대한 전사다! 나 석환이 약속한다! 우리는 우리의 목숨을 가져갈 놈들에게서 최소한 100배의 대가는 받아내고 가리라!"

"우와아아아—!"

병사들은 그의 말에 계속 함성만 질러댔다. 흡사 야만인들과 같은 모습이었다.

"자, 여기 황제가 친히 우리에게 내려준 독주가 있다. 네놈들 모두 잔을 들라!"

벌거벗은 사내, 석환이 커다란 술독을 들어 올려 자신의 앞에 놓은 후 칼을 들어 팔뚝을 주욱 그었다. 그의 팔에서는 금세 붉은 피가 흘러내렸고, 그는 피를 술독에 떨어뜨렸다. 아니, 줄줄 흘려 부었다. 피가 멎자 그는 술독을 통째로 지고 병사들 앞으로 걸어가 넘치도록 가득 잔을 채워주고 다시 자신의 잔을 채웠다. 그러고는 병사와 함께 술잔을 비웠다. 벌거벗은 사내는 그대로 두 번째 병사에게 걸어가 그의 잔을 채워준 후, 다시 함께 잔을 비웠다. 다음 병사에게도, 또 다음 병사에게도.

이렇게, 사내는 아흔다섯 잔의 술잔을 비웠다.

이윽고 술을 모두 비운 석환과 병사들은 말에 올라탔다. 죽음을 각오한 병사들의 눈에 비장한 빛이 서렸다. 석환은 그들 하나하나를 천천히 쳐다보며 자신의 마음에 새겼다. 전장에서 장렬하게 죽어갈 부하들이었다. 석환은 손에 쥔 무기에 더욱 힘을 주며 거대한 애마의 등 위로 훌쩍 뛰어올랐다.

아흔다섯 잔이나 되는 술을 마신 그였지만 아무렇지도 않은 듯 말에 훌쩍 올라탄 후, 병사들을 향해 공격 명령을 내렸다. 이제까지의 함성이 무색할 만한 고함이었다. 실로 땅이 뒤집히는 것만 같았다.

"쳐라—!"

"와아아아아—!"

석환과 기병들은 미친 듯이 고함을 지르며 적진을 향해 뛰쳐나갔다. 야습을 대비하고 있던 적진의 파수꾼은 급히 북을 쳐댔고, 준비를 마친 적은 이들을 맞을 준비를 하며 기다리고 있었다. 달려오는 이들을 향해 비 오듯 화살이 쏟아졌다.

이들은 화살 따위는 아무 상관 없다는 듯, 미친 듯이 달려왔다. 실제로 화살은 이들의 두꺼운 철갑을 뚫지 못했다. 오히려 이들의 야성을 더욱 자극할 뿐이었다.

엄청난 속도로 달려오는 이들과 맞서기 위해 미처 장비를 차리지 못한 병사들이 막사 이곳저곳에서 뛰어나왔으나 이미 적의 기지까지 들이친 이들은 흡사 야수처럼 날뛰며 병사들을 마구 베어 넘기기 시작했다.

늦게나마 뛰어나온 대장이 어떻게든 병사들을 독려하고 정리해보려고 이리저리 분주하게 뛰었으나 석환은 대장의 모습을 확인하자마자 미친 듯이 뛰어와 말과 함께 엄청난 높이로 도약해서 한칼에 대장을 반으로 갈라버렸다.

말을 탄 상태에서 행동반경이 좁아 움직이지 못하자 그는 아예 말에서 뛰어내려 두 발로 달리며 적을 도륙하기 시작했다. 그야말로 야수였다. 미친 듯이 날뛰는 그와 부하들은 적에게 커다란 두려움으로 다가왔다. 한 명의 병사에게 쓰러지는 적병의 수가 거의 스물에 가까워가고 있었다. 얼마 되지 않는 병사들이었으나 이제 적은 그들을 포위하고 화살이나 쏘아댈 뿐 가까이 다가가지조차 못하고 있었다.

거의 1만에 다다르는 진의 병사들은 이렇게 100명의 광인들에 의해 마구 짓이겨지고 있었다. 놀라운 일이었다.

언덕 위에서 석환의 광기를 한참 지켜보던 우문술은 고개를 설레설레 흔들며 자신의 군사 쪽으로 향했다. 기습의 달인인 그는 적병 1만을 목표로 3천을 보냈건만 석환은 거의 혼자서 1만 명을 도살하고 있는 것이었다.

"짐승이로다!"

이 무렵, 석환의 전장으로부터 수십 리 떨어진 산길에서는 수천에 이르는 군사가 야음을 틈타 움직이고 있었다.

"불을 보여서는 안 된다. 소리를 내서도 안 된다. 쇠로 된 물건은 모두 손에 쥐라. 장수들도 말에서 내리라. 작전 하달조차 행군 중에는 없을 것이다."

본진에서 나오기 전에 우문술이 내린 명령은 이것이 전부였다. 수천에 이르는 군사였지만 우문술 휘하 부장들의 통솔력은 이들로 하여금 숨소리조차 내지 않고 움직이는 것을 가능하게 했다. 도중에 몇 개의 관문이 이들에 의해 소리 없이 짓밟혔다.

시간이 흘러 산기슭에 다다를 때쯤, 우문술은 조용히 말을 몰아 앞으로 나아갔다.

"저곳인가?"

"네."

선두에서 말을 몰던 부장이 손을 들어 가리킨 곳에 수백 개의 불빛과 목책이 드러났다.

육안으로 적의 막사가 식별이 가능할 정도로 가까워지자, 우문술은 조용히 손을 들었다.

"와아아아—!"

별안간 터져 나오는 북소리와 함께, 우문술 휘하 수천의 병사들은 무서운 기세로 적의 진영을 덮쳤다. 순식간에 목책이 무너져 내리고 막사에서 막 기어 나오기 시작하던 진의 병사들은 무참하게 도륙당하기 시작했다. 기습의 달인이라 일컫는 우문술은 오직 군사를 물리는 데에 총력을 기울였다.

"잠시도 지체하지 말아야 한다. 최대한 신속히 떠나도록 한다!"

1만이 넘는 병사들이 무기조차 쥐지 못한 채 순식간에 목숨을 잃었다. 사방에서 불이 치솟고 그 사이사이마다 수나라 병사들이 무서운 기세로 도주하는 적병을 베어 넘겼다.

"과연!"

양광이 보낸 감군장은 우문술의 기습 작전에 자신도 모르게 탄성을 흘렸다. 적진에 잔류하는 군사가 얼마 되지 않을 것이라던 양광의 예측이 정확하게 맞아떨어졌던 것이다.

석환과 우문술의 군사가 이렇게 적의 진영을 무너뜨릴 즈음, 양광은 행군을 계속하고 있었다. 10만 군사를 제한 40만 군사가 네 갈래로 나뉘어 행군하는 광경은 장관이라 할 만했다.

양광의 옆에서 말을 몰던 우중문이 걱정스럽다는 듯 얼굴을 찌푸리며 말했다.

"이토록 많은 군사를 거느리고 행군하는 것은 병법에 어긋나지 않습니까? 적은 군사를 나누었다는 보고가 들어오고 있습니다. 적의 기습을 앞뒤로 받는다면 동요가 클 것 같습니다."

"중문의 눈이 정확하다. 하지만 이것은 적의 허를 거꾸로 찌르는 작전이니라."

"지리에 밝지 못한 상태에서 매복과 기습을 당할까 우려됩니다."

"군사는 다만 전투에 싸워 이기는 것이 있고 전투에는 지더라도 전쟁에 이기는 것이 있음이라. 지금 우리 군사는 뭉쳐 있지만 석환의 파괴력과 문술의 기습이 적을 송두리째 흔들고 있어 적은 작전을 펴기가 용이하지 않다. 내가 이렇게 군사를 한 곳으로 모으는 것은 적의 의지를 꺾기 위함이다. 전쟁은 다만 10만 병사가 할 뿐이고 나머지 40만은 그냥 걷기만 하면 되느니라."

우중문은 크게 고개를 끄덕였다. 주군은 분명 자신이 보지 못하는 것을 보고 있었다. 군사를 모아 군세를 보이는 것은 바로 적의 후방을 노리는 작전이었다. 지금은 대군의 위용을 보임으로써 맞서고자 하는 의지를 꺾는 게 더 중요하다는 생각이 비로소 들었다. 우중문은 급히 말에서 내려 양광 앞에 무릎을 꿇었다.

"일어나라, 중문. 그대는 수의 앞날을 지고 나갈 최고의 장수가 아니냐?"

양광은 미소를 보였다. 오로지 전장에서만 볼 수 있는 것이었다.

"와하하하! 하하하하핫!"

한편 벌거벗은 사내, 석환은 베어 넘긴 병사들의 시체를 깔고 앉아서 미친 듯이 웃고 있었다. 병사들이 애초 자신이 생각했던 것보다 더 잘 싸워주었던 것이다. 처음부터 병졸들 따위에 의해 자신이 죽을 거라는 생각은 해본 적도 없었지만 부하들까지 이처럼 대부분 살아남을 거라는 생각 역시 해본 적이 없었던 것이다.

전공을 올렸으니 철수해야 한다는 생각은 애초부터 없었다. 그저 석환은 흥겹게 웃어젖히며 전장 한바닥에 주저앉아 술을 가져오고 밥을 지을 것을 명했다. 그는 약 한 달 전, 양광이 자신에게 진으로 같이 갈 것을 말한 이후, 최고로 흥분해 있었다. 그의 부하들도 덩달아 미친 듯이 웃고 있었다. 병사들 스스로 생각해도 놀라운 결과였다. 개개인이 벤 숫자가 수십 수백에 이르렀다. 기쁘지 않을 턱이 없었다. 자신들이 야말로 일당백의 용사라는 둥, 적장 홍위의 목을 직접 베겠다는 둥, 부하들은 시체로 즐비한 적진 한가운데에 막사를 치고는 웃고 떠들었다.

그러던 중, 날아든 화살.

'슈우우웅.'

어디선가 날아온 화살촉 하나가 병사들을 유유히 지나 석환과 마주 앉아 있던 한 병사의 등을 꿰뚫었다.

"대장! 괜찮습니까?"

석환의 눈앞에는 새까맣게 몰려오는 진의 군사가 있었다. 대충 어림잡아도 3, 4만에 이르는 대군이었다. 고작 100여 명 남짓한 군사를 향해 몰려드는 3만 대군.

잠시 말이 없던 석환은 갑옷을 챙겨 입는 자신의 부하들을 힐

끗 바라보고는 옆의 큰 칼을 잡아 들었다. 그러고는 무서운 속
도로 적군 한가운데를 향해 달려 나가기 시작했다. 달려 나가
는 그의 뒤에는 100명도 채 안 되는 기병이 함께하고 있었다.

"병사들은 저들을 포위하라! 적장은 생포하라!"

남진의 3만 군사는 좌장군 장보의 명령에 따라 일사불란하
게 석환의 무리를 포위해나갔다. 잘 훈련된 병사들은 창을
세운 채 넓게 퍼져 이 야만인들을 몰아댔고, 아무리 일당백
의 그들이라지만 수만 병력의 포위에는 조금씩 지쳐갈 수밖
에 없었다. 하지만 그들을 그렇게 포위하다 보니 진의 엄청
난 병사들의 피해 역시 뒤따를 수밖에 없었다.

"저 괴수놈을 잡아라!"

"우아아아─!"

"저놈만 잡으면 나머지는 다 죽은 목숨이다!"

미친 듯이 날뛰는 석환을 둘러싼 진의 포위망이 조금씩 좁
혀졌다.

석환은 어깨에 박힌 화살의 통증이 심한 듯 얼굴을 잔뜩 일
그러뜨린 채 날뛰었다. 그러나 통증이 심해질수록 그의 분노
는 더더욱 고양되었고, 오히려 지치기보다는 상처 입은 괴수
처럼 더욱 길길이 날뛰었다. 무기도 버린 지 이미 오래였다.

한 손에 들고 있던 도끼는 조금 전 적의 편장(偏將)이 자신

을 향해 뛰어올 때 그의 머리통을 향해 던져버렸고, 칼은 활질하는 자들을 향해 날려버렸다. 말을 탄 채 달려오는 자들은 그냥 손으로 잡아 던져버리고 땅에 붙어 창질을 하는 자들은 그의 거대한 야생마로 밟아 죽였다. 빈손이 되자 창칼을 몇 개 빼앗아 휘둘러보았지만 너무 가벼워 그마저도 다 던져버리고는 손에 잡히는 병사 한둘을 잡아 이리저리 휘둘렀다. 물론 그다지 만족스러운 무기는 아니었다. 어느덧 석환의 몸에는 하나둘 작은 상처가 늘어갔고 얼굴에는 피로한 기색이 역력했다.

그나마 다행인 건 석환의 모습이 적병들에게는 마치 역신과도 같이 보인지라, 감히 가까이 달려드는 적병이 없다는 점이었다. 하지만 멀찍이서 찔러대는 창과 활은 방심할 수 없었다. 꽤나 많은 상처를 입은 후에야 정신이 돌아온 듯, 그는 부하들이 있던 곳을 바라보았다. 대부분 이미 바닥에 누워 있었다. 죽음의 기운이 그에게도 찾아드는 것을 알 수 있었다. 그러나 도주란 그에게 죽음과도 같은 것. 그의 눈은 오히려 적의 수장을 찾아 적병 사이를 헤집기 시작했다. 하지만 외려 어디선가 적의 편장처럼 조이는 자가 달려 나와 석환을 향해 소리쳤다.

"적장은 그만 날뛰고 나의 검을 받으라!"

그러나 석환은 공명심에 불타오르는 적장을 무심한 눈빛으로 힐끗 바라만 보았다. 그러다가 한순간, 달려오는 적 편장의 안면을 향해 적병의 투구를 벗겨 무시무시한 힘으로 던져버렸다. 달려오던 편장의 목에서 터져 나온 붉은 피가 사방으로 튀었다. 석환은 머리가 터진 적장의 손에서 대검을 받아쥐었다.

"악마다. 저자는 악마다!"

석환은 시간이 지날수록 더욱 미친 듯이 날뛰었다. 쓰러진 적 편장을 뒤로한 채 검을 휘두르고 휘두르며 적병을 베어나갔으나 적은 도무지 끝이 보이질 않았다. 온몸에 통증과 피로가 겹쳐오면서 석환은 짜증스러워 견디지 못하겠다는 듯 신경질적으로 검을 휘둘렀다. 그는 작심한 듯 적병이 가장 많이 몰려 있는 곳으로 뛰어들었다.

"적은 하나다! 이 무슨 망신이냐! 어서 저자를 잡으라!"

석환의 눈에 화려한 복장을 하고 바쁘게 뛰어다니며 병사들을 독려하는 사내가 보였다. 저자가 적군의 대장일 것이 분명했다. 석환은 가로막는 적병을 미친 듯이 베어버리며 그자에게 돌격해 갔다. 누구도 석환을 제지할 수 없었다.

병사들을 독려하던 적장의 눈에 석환이 들어왔다. 그는 위기를 느낀 듯, 뒤로 돌아 석환에게서 멀어지려 했다. 그러나 석환은 손에 잡히는 대로 병사들을 던지며 순식간에 그의 앞까지 도약했다.

"흐아아압!"

말과 함께 뛰어오른 석환이 적장의 머리 위에 대검을 내려치기 직전, 사방에서 그물이 날아왔다. 석환은 재빨리 검을 잡지 않은 손으로 그물을 잡아 관성을 이용해 날아오던 방향 그대로 휩쓸어 던져버렸다. 그야말로 놀랄 일이었다. 병사들은 그물마저 통하지 않는 상대에게 점점 더 두려움을 느꼈다. 석환은 다시 적장을 향해 검을 휘둘렀다. 그러나 적장 대신 한 병사가 뛰어들어 대신 몸이 반으로 갈라진 채 죽어갔다.

다시 석환을 향해 화살과 함께 서너 개의 그물이 날아왔다. 동시에 적의 장수가 도끼를 들고 석환을 향해 달려들었다. 석환은 잠시 멈칫하다가 일단 적장을 향해 검을 휘둘렀다. 적장은 사방으로 피를 뿌려대며 절명했지만, 이번에는 그물이 피할 길 없이 그를 감싸고 있었다. 그 순간 석환은 거대한 고함을 질렀다. 동시에 온몸의 힘을 다해 칼을 휘둘렀다.

그물을 통째로 휘감으며 날아든 석환의 칼은 서너 명의 병사와 한 장수를 동시에 베어버렸다. 가슴에서 피를 뿌리는 남진의 장군 장보를 눈앞에 둔 채, 결국 그물에 싸여 바닥에 널브러진 석환은 격렬하게 몸부림쳤다. 하지만 그물은 점점 강하게 그를 옥죄어왔고, 그물을 쥐어뜯던 그는 수십 번이나 창칼에 찔리고 나서야 비로소 조용해졌다.

석환은 눈을 떴다. 이상했다. 적진 한가운데 쓰러진 자신이 살아 있다니. 손발을 움직여보았다. 자유로웠다. 시끄러운 전장의 소리도 들리지 않았다. 대신 뒤에서 묵직한 음성 하나가 들렸다.

"석 장군, 용서하시오. 조금 늦었소."

고개를 들어 소리가 들려온 방향을 쳐다보았지만 오랫동안 눈을 감고 있던 터라 눈이 부셔 주위가 잘 보이지 않았다.

"아, 무리하게 움직이진 마시오. 많이 다쳤으니."

"누구요?"

석환의 눈이 슬슬 태양빛에 적응되면서 자신을 향해 말하고 있는 자의 모습이 드러나기 시작했다.

"나 문술이오."

우문술. 우중문이나 석환과 같이 양광의 휘하에 있는 자였다. 우중문처럼 지략이 뛰어나지도, 석환처럼 무위가 대단하지도 않았으나 성실하고 신의 있는 자였다.

석환은 바로 양광을 찾았다.

"양광 장군은?"

"이곳에 계시지 않소. 허어! 그나저나 참으로 대단하시오. 도대체 얼마나 되는 장수와 병사를 베어 넘긴 거요."

"양광 장군은 어디 있소?"

"도성 근방에 계실 것이오."

"무엇이? 그럼 후퇴했다는 말이오?"

"아니오."

우문술은 두 손을 들었다가 놓았다. 자신도 믿을 수 없다는 듯한 중얼거림이 이어졌다.

"아마 지금쯤은 진의 도성 근처에서 전투를 벌이고 있을 것이오."

석환은 도로 눈을 감았다.

이틀 전 10만 군사를 이끌고 나섰던 우문술은 거듭된 기습 작전과 위장 전술을 통해 진의 적을 역으로 들이쳤다. 기습을 펼치려고 군사를 잘게 쪼갠 진의 병력들은 먼저 기습을 당하자 힘 한번 써보지 못하고 흩어져버렸다. 그리고 우문술은 석환이 고전한다는 보고를 받자 바로 군사를 풀었다.

그러나 석환을 쫓으러 갔던 군사들은 한참 시간이 지나도 돌아오지 않았다. 일이 틀어졌음을 안 우문술은 날랜 군사들을 이끌고 직접 달려갔다. 결국 전장을 발견하고 이들의 후미를 들이친 우문술은 적이 요상한 상태에 놓여 있음을 알수 있었다.

분명 전투를 벌이고 있는 게 확실했는데, 우문술은 적의 상대가 누군지 분간할 수가 없었다. 100여 명밖에 되지 않는 석환의 병사들이 그때까지 살아 있을 리 없었다.

그러나 전장을 차분히 살피던 우문술은 기가 막혔다.

적군이 전투를 벌이고 있던 것은 그물에 걸려 버둥대는 단한 사람의 장수였다. 산처럼 널려 있는 진나라 군사들의 시체 사이에 이자의 부하로 보이는 이들이 가끔 섞여 있는 듯도 보였으나, 수십 기에도 이르지 못하는 듯했다. 한 사람의 장수가, 십수 명의 적장을 비롯한 수천에 이르는 적군을 베어 넘긴 것이었다. 우문술은 벌어진 입을 다물지 못했다. 그물에 사로잡혀 있던 장수는 그도 잘 아는, 얼마 전에 본진을 떠났던 석환이었다.

이날, 수군의 종군 사관은 이렇게 기록했다.

'양광 대장군의 부장 석환, 휘하 96기의 기병과 함께 진의 보졸 4만 5천 중 4천과 장수 18명을 죽이다.'

한편 남진의 마지막 진영에 머물고 있던 대장군 홍위는 계속되는 패전 보고에 남은 군사들을 모조리 그러모아 나섰다. 그러나 신속한 우문술의 이동에 적병은 그림자조차 볼 수 없었고 결국 허탈한 심정으로 회군한 홍위의 눈에 들어온 것은 폐허가 된 마지막 진영이었다.

장보를 비롯한 편장들의 목이 장대에 꿰인 채 이곳저곳에 꽂혀 있는 모습이 그의 눈에 들어왔다. 홍위는 절규했다. 10만 군사의 태반이 이틀 밤 사이에 몰살당한 것이었다. 일찍이 경험해보지 못한 처절한 패배였다. 겁에 질린 홍위는 진영을 대충 수습한 뒤 밖으로 한 발짝도 나서지 않았다.

기력과 사기가 땅에 떨어진 이상 전투는 하나마나였다. 하루 동안 일곱 번이나 진영을 들이친 우문술과의 전투에, 진의 군사는 마치 걸레쪽처럼 흐트러졌다. 결국 야음을 틈타, 홍위는 남은 군사를 이끌고 도성을 향해 도주했다. 이날 도성으로 떠난 군사는 원래의 12만 군사 중 3만. 그나마도 수군의 추격에 시달리다 결국 매복에 의해 태반이 전멸하고 말았다.

홍위는 채 100여 명도 되지 않는 마지막 남은 부하들을 향해 중얼거렸다.

"그놈만…… 그놈만 잡았더라도."

"그자는 인간이 아니었습니다."

"이름이 뭐라고 했나?"

"석환이라 합니다. 그자는 오로지 양광을 위해 죽을 뿐이라고 합니다."

"아아, 진이 단 두 사람에 의해 이렇게 무너질 줄이야!"

"대장군! 양광이란 자는 전쟁의 신이며 악마입니다. 수많은 전쟁을 다녔지만 이런 일은 처음입니다."

"나도 마찬가지야! 그나저나 주군은 어떻게 대할 것이며, 백성은 또 어찌 본단 말인가! 아아, 그대들은 이제 죽을힘을 다해 도망쳐 원회 대장군의 휘하로 들어가도록 하라!"

홍위는 마지막 명령을 내리고 혼자 숲으로 들어가 스스로 목숨을 끊었다. 그러나 홍위는 끝까지 불운한 장수였다. 그의 마지막 명령을 받고 필사적으로 도주해 원회가 지키던 계림에 도착한 자들을 기다린 것은 원회의 잘려나간 머리뿐이었던 것이다.

양광의 원정군은 수십 차례의 전투에서 싸우는 족족 일방적인 승리를 거두었다. 요충지마다 양광과 맞선 남진의 병사들은 후퇴하기에 바빴고, 결국 패잔병들은 모두 진의 원수인 원회 대장군의 수하로 모여들었다.

거진 100만에 이르는 군세. 양광에 비해 두 배가 넘는 숫자의 대군이었으나 기발하기 이를 데 없는 계책과 날카로운 기세에 압도당한 원회의 군사는 결국 전멸에 가까운 피해를 입고 말았다. 애초에 향락에 젖은 진나라의 장군과 무딘 병사들 따위가 양광과 그의 예병들의 적수가 될 리 만무했다. 패전을 거듭한 원회는 성의 험준함에 힘입어 수십 일간을 버티었지만 사기는 점점 바닥에 떨어지고 있었다.

우문술의 10만 군사가 합류하고 치열한 전투가 있던 날 저녁, 항복의 뜻을 전하기 위해 나타난 원회의 사자는 입을 채 열기도 전에 양광의 칼에 의해 목이 떨어져 나갔다.

항복이란 없음을 사자의 죽음으로 공표한 양광은 바로 그날 밤, 마지막 총공세를 벌였고 결국 이날 새벽 동이 트기 전에 성문은 활짝 열렸다. 원회의 머리가 성벽 높이 효시되고 그로써 남진의 마지막 군세는 무너지고 말았다.

남진 곳곳에 무시무시한 두려움을 남기며 진군한 양광의 군사는, 마침내 겨울로 들어서는 어느 날 진의 도성에 입성하였다. 역사상 유례가 없을 정도로 신속한 정벌이었다.

"이것으로 수는 천하를 통일하였다."

진숙보의 시체 곁에 걸터앉아 흘러나온 양광의 무덤덤한 목소리.

589년. 바로 진의 멸망이 선포되는 순간이었다. 며칠 후 승전가를 울리며 수나라로 돌아간 양광은 이 공으로 진왕에 봉해졌다.

그동안 태자 양용과 대장군 왕세적이 진은 자멸한 것이라느니, 양광이 전세 보고를 게을리하며 황제를 능멸했다느니 하며 생쥐들을 시켜 벌떼처럼 상소를 올렸지만 양광의 공은 실로 대단한 것이었으며 문제의 기쁨은 그보다 더 대단한 것이었다. 문제는 양광을 위해 화려한 연회를 베풀었다.

한 달간의 길고 화려한 연회 기간에도 묵묵히 술만 마시던 양광은 연회가 끝나자마자 장군의 직위에 오른 석환과 우문술, 우중문 등을 이끌고 영지인 강남으로 내려가버렸다.

양광의 무용담은 수나라 백성들 사이에서도 순식간에 퍼져
나가, 양광은 이때부터 백성들 사이에서 위대한 영웅으로 칭
송받기 시작했다.

무술대회

"수가 드디어 중국을 통일했네."

건무가 근심 어린 표정으로 말문을 열자 문덕이 고개를 두어 번 끄덕였다.

"이제 우리 고구려를 제하고는 수에 조공하지 않는 나라가 없네. 게다가 우리는 진과도 선린 관계를 맺고 있던 터."

문덕은 여전히 시선을 멀리 둔 채 고개만 끄덕이다 무심한 표정으로 입을 열었다.

"사신이 올 것이야."

"사신? 그렇겠지. 조공을 요구하는 교지를 들고 오겠지."

"연금하게."

"무어?"

"이왕 거절하려면 확실하게 해두는 편이 좋아. 그렇게 해야 시간도 벌 수 있고."

"시간이야 거짓으로 조공하는 척하면 벌 수 있잖은가."

문덕은 단호하게 말했다.

"얕은 수로 될 일이 아니야. 반드시 일어날 전쟁, 미리부터 숙여서 좋을 건 없네."

"조정의 반대가 심할 텐데."

"방법은 그것뿐이야."

건무의 얼굴이 더욱 어두워졌다.

"저쪽은 너무나 강하네. 이럴 때에는 오로지 정신으로 싸워 나가야 하네. 조금씩 밀리다 보면 결국은 망하고 마네. 사신을 감금하게. 온 나라 사람들의 정신을 얻는 방법이네."

얼마 후 방이 나붙었다.

기웃거리는 백성들로 꽉 들어찬 거리는 좀처럼 한산해질 줄 몰랐다. 방의 내용을 몰라 글을 볼 줄 아는 자들만 기다리던 백성들도 누군가 외친 1만 금이라는 말에 혹한 나머지 자리를 떠날 생각을 하지 않았다.

"자, 자. 비켜보시오."

한 선비가 사람들을 비집고 들어왔다. 원체 글을 아는 자가 드물었기에 몸에 있는 대로 힘을 주고 자리를 지키고 섰던 백성들도 그에게만큼은 앞다투어 길을 내주었다. 덕분에 선비는 손쉽게 방 앞에 설 수 있었다.

"으흠, 어디 봅시다. 상금 1만 금."

"1만 금!"

그의 말은 금세 파도와 같은 물결이 되어 백성들을 휩쓸고 지나갔다. 1만 금. 웬만한 조정 관리나 권세 있는 집안에서도 평생 만져보기 힘든 재물이었다.

"대체, 대체 무슨 상금이오?"

백성들은 그를 재촉했다. 1만 금은 그야말로 세상에 있는 그 모든 것을 다 살 수도 있을 만큼 어마어마한 재물이었다. 거리는 점점 사람들의 물결로 넘쳐났다.

"흠흠, 기다려보시오. 아 고구려……의 걸출한 무인을…… 칵―퉤에―."

선비는 떠듬떠듬 방을 읽다가 길게 한숨을 한번 내뱉었다.

"무슨 일이길래?"

"됐소. 볼일 없소. 당신네들과는 상관없는 일이구려. 나라에서 1만 금의 상금으로 무인들을 모집한다 하오. 뽑힌 자는 나라의 큰 장군이 된다는구려."

"상금은 첫째에게만 주는 게요?"

"봅시다…… 자세한 말은 없지마는…… 음, 예선을 통과한 자들 모두에게 소정의 상을 준다 하오. 아마 1만 금이 다 첫째 차지는 아닌가 보오."

"응? 응?"

"그래서 얼마씩 준대요?"

"아, 좀, 자세히 설명해보구려!"

선비는 이내 인파에 덮여버렸다. 일반 백성들에게 던져진 1만 금이라는 재물, 게다가 장군이라는 관직은 그들을 광란케 하기에 충분했다. 결코 자신이 가질 수 없는 것임에도 불구하고, 1만 금의 주인공이 되는 환상만으로도 그들은 한껏 들떴다.

며칠 후.

둥, 둥, 둥, 둥, 둥, 둥, 둥―.

고수(鼓手)의 쉴 새 없는 손놀림에 온 사방으로 북소리가 울려 퍼졌다. 진작부터 삼삼오오 모여 이야기를 나누고 있는 백성들의 소리와, 무술대회 참가자들의 분주한 발걸음 소리, 이곳저곳에서 밀려드는 백성들을 정렬시키려는 관리들의 고함 소리 사이사이로 북소리는 마치 심장 박동처럼 쉴 새 없이, 규칙적으로 울려 퍼졌다.

간헐적으로 울려 퍼지던 북소리는 시간이 지날수록 조금씩, 아주 조금씩 빨라지며 소리를 듣는 사람들을 묘하게 도발했다. 그러나 어느 누구도 이를 눈치채지는 못했다.

'답답하군.'

그러나 오늘의 고수가 특별한 사람임을 알고 있는 단 한 인물. 높은 단상에 올라서 있는 태대사자 건무는 북소리가 무척이나 신경 쓰였다. 맥박과 함께 뛰던 북소리는 어느새 이와 엇갈리고, 한참 후 다시 맥박과 함께 엇박으로 맞아들어 갔다. 가슴이 답답했다. 심장은 북소리를 따라잡기 위해 스스로 더 빨리 뛰어가는 듯했다.

'혈기가…… 마구 끓어오른다.'

건무의 눈길이 근처에 모여 있는 백성들의 얼굴을 훑었다. 모두들 제법 달아올라 있었다.

'북소리 하나만으로……'

"전하, 이제 발표하실 시간입니다."

건무는 그제야 북소리에서 벗어나 고개를 들 수 있었다.

두두두두두두두두두둥―.

고수를 향해 손짓을 보내자 북소리는 이제 절정을 달리듯 미친 듯이 울려 퍼지다가 한순간 멎었다. 그리고 놀랍게도, 건무를 제외한 누구도 북소리에 신경을 쓰지 않고 있었음에도 불구하고, 북소리가 그치는 동시에 소란스러움도 멎었다.

"아, 저 사람 강이식이 저렇듯 깊은 조예를 익혔나!"

강이식을 눈여겨보라고 하던 문덕의 말을 떠올리며 건무는 단상 앞으로 나섰다.

"고구려의 걸출한 무인을 가리고, 앞으로 닥쳐올지 모르는 국난에 대비하기 위하여 본 대회를 개최하게 되었습니다. 본

인의 미천한 노력에, 이처럼 많은 영웅들께서 호응해주신 데 대해 진정 감읍하는 바입니다."

우레와 같은 함성이 대회장을 뒤덮었다.

"이 대회에서 뭇 무인의 귀감이 될 만하다 여겨지는 분은 나라의 큰 장수로 추천할 것이며, 우승하는 영웅께는 특별히 1만 금의 상금을 드리려고 합니다."

건무는 하늘을 울릴 듯한 군중의 함성이 멎을 때까지 말을 쉬어야 했다.

"미리 짐작하지 못한 만큼 많은 영웅들께서 몰린지라, 부득이하게 대회를 2차로 나누게 되었습니다. 1차에서 뽑힌 분들이 2차에서 서로의 무술을 견주게 될 것입니다. 1차에서는 모이신 영웅분들께서 각자 가지고 계신 묘수를 선보여주시면 되겠습니다."

"와!"

"부디 우리 고구려의 위상과 기개에 걸맞은, 당당하고 훌륭한 승부가 이루어지기를 바라는 바입니다."

"와아아아아!"

말을 끝낸 건무가 두 손을 높게 들어 보이자 대회장은 다시 시작되는 북소리와 함께 미친 듯한 환호로 뒤덮였다.

"모두 몇 명이오?"

"예. 어림잡아 300은 되더군요."

"무인들의 묘기를 보는 데만도 며칠 걸리겠군."

"그렇더라도 엿새나 이레 안에 다 끝나지 않을까 합니다. 한데 1차 대회를 그렇게 열라 하신 데는 무슨 뜻이라도 있으십니까? 그저 그들끼리 겨루게 하면 일정에 맞습니다만."

"멀리서 왔는데 단 한 번의 싸움에서 지고 돌아가야 한다면 무인들의 마음이 쓸쓸하지 않겠소."

"그런 배려가 있으셨군요."

"비록 패하는 자라 할지라도 보통 군졸 열이나 스물의 기량은 가지고 있을 것입니다."

"명심하겠습니다. 아, 을지 공께서 일이 끝나면 뵙고 싶다는 말을 전하셨습니다."

"안 그래도 가려던 참이었소. 대회를 부탁하오."

"예."

관리는 일전 막리지의 배에 있던 갑정이었다.

"말갈의 아야진이라고 하오!"

처음으로 나선 사내는 아야진이었다. 그는 고구려에 온 후, 무서운 무인이 되어 있었다. 웃통을 벗어젖힌 채 걸어 나온 아야진은 한 손에 허벅지만 한 굵기의 거대한 몽둥이를 들고 있었다. 아야진은 몽둥이를 땅과 수평으로 들고 잠시 호흡을

골랐다.

"으랴!"

퍼걱―.

"흐억!"

지켜보던 백성들은 순간 깜짝 놀라 헛숨을 들이켰다. 아야
진의 다부진 몸에 솟아난 핏줄들이 터질 듯 꿈틀거림과 동시
에 양손으로 몽둥이를 비틀어 부숴버린 것이었다.

"백산말갈의 부족장 아야진은 만약 수(隋)가 우리 말갈이나
말갈의 형제국인 고구려에 쳐들어온다면 바로 지금 보여드
린 힘으로 모두 비틀어 부숴버릴까 하오."

"와아아아아!"

백성들은 모두 고함을 질렀다. 아야진이 보여준 힘은 인상
적이었다. 하지만 그 힘보다 더 사람들의 뇌리에 선명하게
부각된 것은 아야진의 짧지만 강력하고 선동적인 웅변이었
다. 그것은 고구려가 침공당한다면 말갈은 그냥 있지 않을
것이란 분명한 약속이었다.

"와아아아!"

환호는 거듭되었다. 환호와 더불어 사람들을 흥분시키는
것은 바로 그 북소리였다.

두두두두둥둥둥―.

아야진의 선언과 함께 이어진 북소리는 사람들을 계속해서

달뜨게 만들었다.

"수나라 놈들 쳐들어오기만 했단 봐라. 다 죽여버리고 말 거야!"

백성들의 입에서는 이런 소리들이 튀어나왔다. 이 광경을 지켜보던 갑정은 너무 놀라 등골에서 식은땀이 배어 나오는 것 같았다. 그는 감탄 어린 말을 흘렸다.

"아아, 이것은 말로만 듣던 최면이 아닌가. 아야진의 힘과 웅변, 강이식의 저 북소리는 사람들이 수나라에 대해 느끼는 막연한 불안감을 고조시켜 강력한 단합을 이끌어내고 있지 않은가. 아야진이 자신을 첫 번째로 내보내달라고 한 것도 바로 그런 연유에서였구나. 그리고 이 모든 것을 뒤에서 움직이는 자는 문덕. 아, 그와 같이한 지 오랜 세월이 지났건만…… 참으로 알 수 없는 인간이로다! 알 수 없는 인간이로다!"

아야진은 이어 올라오는 돌궐의 한 장사를 뒤로한 채 돌아서서 단상을 내려왔다.

건무는 시합장 중앙 상좌에 문덕과 마주 앉았다. 이제 제법 나이가 들어가건만 문덕의 얼굴은 여전히 청년의 것처럼 희고 깨끗했다.

"강이식이나 아야진이나 대단하네. 그들을 알아보는 문덕의 능력은 끝이 보이질 않는군."

"약관의 나이에 조정을 장악한 태대사자만 하겠나."

"모든 것이 대왕께서 밝은 눈을 가지신 덕이지. 전하의 밝은 기상이 조정에 새바람을 불어넣고 있네."

"그러나 조정을 너무 흔들어서는 안 되네. 아직 대대로나 막리지, 대형 등의 요직에는 연륜 있는 노신들이 지켜야 할 것이야."

"그래야 하는가? 일전에는 새로운 바람이 불어야 한다 하지 않았는가."

"물론, 하지만 세상 모든 일에는 조화가 있어야 하는 법일세."

"이해는 가지만 와닿지 않는군."

"경계해야 할 부분이네. 그보다 이번 진나라 정벌에 관해 아는 바 있는가?"

"다른 사람들이 아는 만큼만 알고 있네. 굳이 보태자면, 이황자인 양광이 정벌군의 행군원수였다는 것과 진왕에 봉해졌다는 것 정도랄까?"

"잘 알고 있군. 바로 그것이 중요하네."

"어떤 점이 중요한지 알려줄 수 있겠는가?"

"행군원수는 물론이고, 이번 정벌군의 모든 장수들 중에서 옛 북주나 양견의 노장들은 한 명도 포함되지 않았네."

"완전히 신흥 세력이라는 이야기로군. 그럼에도 불구하고 그 정벌에서 놀랄 만한 성과를 거두었다는 말인가."

"그렇지. 태자인 양용은 양견과 같이 시기심 강하고 의심 많은 자인데도 남진에는 양광이 갔고 진왕으로 봉해졌어."

"앞으로 그들이 수의 조정을 장악한다는 말인가? 하지만 양견은 아직 늙지 않았고, 양광이 진에서 세를 잡았다 하여도 태자가 양용인 것은 변치 않는 사실일진대."

"양광은 무서운 자일세. 까닭 모를 광기에 가려 있지만 실로 대단한 영웅의 기질을 가진 자야."

"자네가 그렇게 평하는 자는 처음 보는군."

"가까운 시일 안에 바람이 불어올 것일세."

"음—."

건무의 신음과도 같은 소리를 끝으로 문덕은 잠시 이야기를 접고 막사 밖으로 시선을 던졌다. 그러나 건무는 문덕처럼 태연할 수 없었다.

"곧 전쟁이 일어날 것이라 생각하는가?"

"당분간은 아니야. 그러나 전쟁은 양견의 숙원이지."

"양견? 그에게 고구려를 침해야만 할 이유라도 있는가?"

문덕은 고개를 끄덕였다.

"흠, 무엇인지 알려줄 수 있겠는가?"

"아니, 나중으로 미루세. 이야기가 길어지니 대회가 끝나고 말하겠네. 사실 대회를 좀 보아야 할 필요가 있어."

"보아두고 싶은 이라도 있는가? 율려의 적수가 될 만한 자는 없을 텐데."

"율려도 참가했는가?"

건무는 고개를 끄덕였다.

"재미있겠군."

개회 닷새째로 접어드는 날, 대회는 서서히 막을 내리고 있었다. 다행히 사망한 자도, 그다지 큰 상처를 입은 자도 나오지 않은 상태에서, 남은 무인은 대여섯으로 압축되었다. 지금까지 남은 자들은 여태껏 떨어져 나간 자들과 확연히 구별되는 높은 무예를 지닌 자들로, 관중들의 열기는 식을 줄 모르고 불타오르고 있었다. 그중에서도 단연 무서운 힘을 선보였던 아야진과, 대단한 기세로 짧은 시간에 상대를 꺾고 올라온 무명의 무사, 그리고 율려가 압도적인 관중의 인기를 누리고 있었다.

차례는 바야흐로 아야진의 순서였다. 그는 대도를 비껴든 채 회장 안으로 들어섰다.

"좋은 승부가 되기를 바라오."

아야진의 호기로운 목소리에 무명의 무사는 대답이 없었다. 이내 시작을 알리는 북소리와 함께 두 사나이는 서로를 향해 몸을 날렸다.

"아야진의 압도적인 승리겠지."

건무가 중얼거렸다.

"두고 볼 일이지."

문덕의 묘한 말투였다.

아야진은 과연 괴력을 과시하며 공격 일변도로 뛰어들었다. 무시무시한 힘과 빠르기로 사방에서 상대를 압박하자 상대는 조금씩 뒷걸음질 쳤다. 관중들 사이에서 탄성이 흘러나왔다. 이토록 흉맹한 기세로 뛰어드는 아야진의 모습은 처음이었다. 여태껏 상대가 다치지 않도록 여유롭게 공방을 주고받던 아야진이었다. 그러나 지금 아야진은 마치 야수처럼 온 사방을 다 찢어발기고 있었다. 아야진의 공격을 피하며 조금씩 구석으로 몰리는 상대의 동작은 시간이 흐를수록 느려지고 있었다.

"아야진의 패배인가. 대단하군."

좀처럼 감정의 동요가 없는 건무가 감탄했다는 듯 말했다.

동시에 귀를 울리는 금속음에 이어, 아야진의 칼이 허공으로 튀어올랐다. 칼이 바닥에 떨어져 꽂히고, 한순간 어지러이 피어오른 먼지가 사라진 장내에는 대결의 결과가 드러나 있었다.

"의외의 결과로군!"

"처음부터 아야진이 쫓기는 싸움이었어."

"이상하군, 상대는 칼놀림도 느리고 막기에만 급급해 보였건만. 우연인가?"

건무의 물음에 문덕은 고개를 가로저었다.

"익숙해질수록 다급하게 막을 필요가 없었던 것이었네."

"호오, 실력이 대단한가 보군? 아야진의 상심이 크겠어. 처음 겪어보는 패배일 텐데."

"과거에 단 일검으로 아야진을 쓰러뜨린 자가 있었네."

건무가 놀랍다는 듯 물었다.

"말갈에 그토록 뛰어난 무사가 있다는 말인가?"

"상대는 석환이라는 자였지."

굳은 표정으로 입을 다문 건무에게 문덕이 말했다.

"다음 시합은 훨씬 더 흥미로울 걸세."

이번 대결에서 율려는 창을 들고 나왔다. 그는 매 경기 다른 무기를 들고 나왔는데, 어느 한 무기도 서투르게 다루는 법이 없었다. 그는 창을 멋지게 휘둘러 보이며 관중들에게 춤을 선보였다. 멀리 떨어진 관중석까지 들리는 바람 소리는 그가 얼마나 빠르게 창을 휘둘러대는지를 보여주었다.

여태껏 율려의 공격을 두 번 이상 피한 자가 없었다. 그는 언제나 일격으로 상대를 주춤하게 한 후 다음 일격으로 상대의 목 앞에 검을 가져다 대었다. 관중들의 눈에 비친 율려는

154

이 대회의 수준보다 몇 단계나 위에 있는 사나이였다. 그런 그의 상대로 걸어 올라오는 자는 강이식이었다.

"잘 부탁합니다."

손을 모으며 인사를 건네는 강이식에게 율려는 별 흥미를 느끼지 못한다는 듯 건성으로 인사를 건넸다. 곧이어 울린 북소리와 함께, 율려는 제자리에 서 있는 강이식을 향해 달려들었다.

"율려가 상대라니. 강이식이 여기까지 온 것은 대단하지만…… 한두 번 칼을 마주치는 것만으로도 힘겹겠군."

"모를 일이지."

문덕의 말을 건무는 웃어넘겼다.

"설마 고구려 제일의 무사 율려를 강이식이 이길 것이라고 말하는 것인가?"

"그런 것은 아니지만."

강이식과 율려는 벌써 몇 번째의 공수를 교환하고 있었다. 하지만 그것만으로도 관중석은 또 한 번 대단한 열기로 타올랐다. 여태껏 누구도 율려의 두 번째 공격을 받아내지 못했건만, 강이식은 간간이 공격까지 하고 있었다.

율려와 강이식의 싸움은 점점 치열해지고 있었다. 율려의 창은 지금까지처럼 여유를 두지 못한 채 민첩하고 정밀하게 강이식을 찔러갔고, 강이식 또한 사력을 다해 그의 공격을 막아냈다. 시간이 지나면서 강이식의 얼굴은 온통 흘러내린 땀으로 범벅이 되었다. 시야가 자유롭지 못한 듯, 조금씩 수세에 몰리는 강이식을 향해 내지른 율려의 창이 결국 강이식의 칼을 바닥에 떨어뜨리고 말았다.

"호, 강이식이 꽤나 강해졌군. 율려가 저토록 고전하는 건 처음 보았네. 강이식은 이제 거의 율려에 근접하는 실력이 아닌가?"

"창이 아닌 칼이었으면 승부는 금세 갈렸을 것이네."

"그렇더라도! 다른 자들은 단봉이나 맨손에도 감히 맞서지 못했잖은가."

"그날 배에서 그런 일이 있고 나서, 강이식은 초인과도 같은 집념으로 무예를 연마했다네."

한편 율려는 강이식을 꺾은 이후에도 한동안 제자리에 서서 고개를 떨군 채 있었다. 대회 진행을 맡은 갑정이 다음 시합을 위해 자리를 피해줄 것을 요청하고 나서야 율려는 천천히 걸음을 옮겨 내려왔다. 그러고는 건무를 향해 다가왔다.

"그만 돌아가고 싶습니다."

건무가 다소 놀랐다는 듯 율려를 바라보았다.

"시합에서 이기지 않았느냐?"

"이겼으나 고전했습니다. 이제껏 하늘 아래 맞설 자가 없다고 자부했건만, 스스로에게 부끄럽기 그지없습니다."

항상 자신에 차 있던 율려의 음성이 꺾여 있었다.

"강이식과의 대결이 부끄러웠다면 저 무명 무사를 이겨 장원을 차지하면 되지 않는가?"

율려가 고개를 숙이고 물러가자 건무가 다소 이상하다는 표정으로 문덕을 바라보았다.

"패한 것도 아니건만, 그토록 부끄러운 일일까?"

문덕은 고개를 끄덕였다.

"처음 둘이 만났을 때 강이식은 율려와의 겨루기에서 1합을 견디지 못했네. 율려는 강이식에게 죽을 때까지 3합을 견디지 못할 거라 했다더군."

대회는 이제 마지막 시합만 남겨두고 있었다. 마지막 대결을 펼칠 무인은 아야진을 꺾은 무명 무사와 율려였다.

율려는 이번에는 검을 들고 나왔다. 관중들은 율려에게 열광했다. 율려는 과연 최고의 무인답게 조금 전의 일은 완전히 잊은 듯 평온한 얼굴로 상대를 향해 칼을 치켜세웠다. 이제껏 그가 상대해왔던 자들과는 다른 날카로운 분위기가 상대 무사에게서 뿜어져 나오고 있었다.

율려의 날카로운 선공으로부터 시작된 둘의 공수는 현란하게 펼쳐졌다. 여유를 두고 천천히 부딪치던 두 사내의 칼은 언제부터인가 관중들의 눈에 잔상만 남기고 있었다. 율려도, 무사도 여태껏 펼쳐왔던 승부와는 달리 최선을 다해 일검 일검을 휘두르는지라 무대에는 흉흉한 살기가 가득 피어올랐다. 티끌만 한 실수조차도 죽음으로 이어질 것이 분명한 싸움이었다.

"정말 대단하군!"

연이어 부딪친 강적에 율려는 최고의 실력을 발휘하고 있었다. 자만이라는 유일한 약점을 제거한 율려의 칼놀림은 그야말로 완벽하다 할 만했다. 그런 그를 맞아 싸우는 무사 역시 관중들의 환호를 자아내기에 부족함이 없었다. 조급하지 않게 상대를 제압해나가려는 율려와 반대로, 무사는 제 몸을 돌보지 않고 흉흉하기 이를 데 없는 공격을 연이어 가하며 율려를 위협하였다. 한 칼 한 칼이 모두 살을 주고 뼈를 빼앗으려는 필살의 일격이었다.

팽팽한 접전이 이어지던 어느 순간, 무사는 살짝 틈을 보였고 정확하게 이를 파고든 율려는 곧 우세를 점할 수 있었다. 점점 승기를 잡아가던 그가 승패를 가리는 일격을 가하려는 찰나, 순식간에 날아든 무사의 기다란 망토가 율려의 얼굴을 덮었고 당황한 그에게 무사의 발차기가 날아들었다.

타격을 받고 비틀거리며 물러나 망토를 겨우 벗어던진 율려의 목 앞에는 무사의 칼이 닿아 있었다.

관중들은 미친 듯이 환호했다. 고구려 제일의 무사로 일컬어지는 율려를 제압할 사람이 있으리라고는 아무도 생각하지 못했던 것이다.

"패배를 시인하오."

율려는 점잖게 상대에게 손을 모아 인사를 건넨 후 담담하게 걸어 내려왔다.

비록 깨끗하지만은 않은 마지막 시합이었으나 결국 우승자는 가려졌다. 정체가 알려지지 않은 무사는 팔짱을 낀 채 허공에 시선을 두고 있었다. 이윽고 갑정이 회장 가운데로 천천히 올라섰다.

"본 대회의 시합은 이것으로 마치는 바이오! 우승자는 미리 말씀드린 대로 포상과 더불어 나라의 큰 장수가 될 것이며, 훌륭한 무예를 보여주신 다른 무사들에게도 장수로 나설 길을 열어드릴 것이오! 대회를 지켜본 관중을 위한 잔치 또한 기다리고 있으니 돌아가지 말고 기다려주시오!"

갑정의 말이 끝나자 관중들은 또다시 환호했다.

그때 관중들의 환호를 가르는 음성이 있었다. 무사였다.

"나는 장수가 되는 일에도, 1만 금에도 관심이 없소."

무사의 한 마디에 관중의 환호는 순식간에 사그라졌다.

갑정은 순간 긴장했다. 이 대회는 뜨거운 열기와 환호 속에서 끝나야 하는 것이었다.

"다만 나는 한 사람과 겨루어보고 싶어 이 자리에 온 것이오."

"당신은 이미 우승했소."

"내가 겨루고 싶은 자는 그가 아니었소!"

관중들은 긴장했다. 어쩌면 더욱 신나는 볼거리가 있을지도 모르는 일이었다. 무사의 입이 천천히 떨어졌다.

"나는 을지문덕, 그자와 겨루고 싶소."

재차 쏟아진 관중의 열기 어린 환호성 속에서, 한 켠에 앉아 있던 한 소년 무사가 벌떡 일어섰다.

'을지문덕, 그 사람이 이 자리에 있었는가.'

그러나 소년은 곧바로 따라 일어선 관중들 속에 묻혀버렸다.

"을지문덕!"

"을지문덕!"

"을지문덕!"

을지문덕을 계속해서 외치는 관중들의 목소리에는 을지문덕이 이 자리에 있기를 바라는 열망이 가득 차 있었다. 저토록 뛰어난 무인이 엄청난 액수의 포상금과 장수의 자리도 마다한 채 겨루기를 바라는 자라면 필시 보통 무인이 아닐 것이었다.

그리고 관중들의 눈에, 왕자 건무와 함께 회장을 향해 걸어

들어오는 한 사나이가 보였다. 완연히 드러난 사나이의 모습을 보며, 관중들은 미친 듯이 환호했다. 그러나 관중석에서 벌떡 일어났던 소년 무사는 환호성을 뒤로한 채 홀연히 자리를 떠났다.

"3년 만인가? 을지문덕, 지난 일을 기억하겠지?"

무명 무사와 마주한 문덕은 묵묵히 고개를 끄덕였다.

"그렇다면 검을 뽑아라."

문덕은 곧 건무와 갑정에게 자리를 피해줄 것을 눈빛으로 말했다. 이제 회장에는 문덕과 무사 둘만 남아 서로를 지켜보고 서 있었다. 그들이 자리를 비키자 무사는 차디찬 웃음을 흘리며 칼을 뽑아 들었다. 대회 내내 선공을 양보해왔던 그가 공격적인 태도를 취하자 긴장감이 회장 전체를 뒤덮었다.

"과연 그대의 검법은 천하제일이라 할 만하다."

"조롱하는 건가?"

"천만에. 진심이다."

무사는 다시 한 번 차디차게 웃었다.

"나는 3년 전의 그날, 왜 너를 베지 못했는가에 대해 깊이 아주 깊이 생각했다."

"……."

"참으로 긴긴 세월이었어. 하늘 아래 최고의 무사인 내가 유약한 백면서생 하나 베지 못한 이유를 3년이나 생각해야

했다니."

"그래, 이젠 그 이유를 알았는가?"

무사는 묵묵히 고개를 끄덕였다.

"들려줄 수 있겠나?"

"나를 버리지 못한 게 패인이었다. 나는 살고 그대는 죽이려 했던 게 나의 패인이었지."

"이젠 버릴 수 있겠나?"

"……아마도."

"지금도 그대는 나를 베지 못해."

문덕이 단호한 목소리로 내뱉었다.

"후후, 과연 그럴까?"

무사는 문덕의 도발적인 말투에도 불구하고 전혀 동요하지 않았다.

"그래."

무사는 대답 대신 또 한 자루의 검을 등 뒤에서 뺐다. 쌍검을 양손에 나누어 쥔 무사의 눈에서는 무시무시한 살기가 뿜어졌다.

"준비하라!"

"오게."

순간 그들 사이의 거리를 한걸음에 도약한 무사의 검 끝이 문덕의 목을 향했다. 문덕은 무사의 빠른 속도에 탄성을 흘렸으나 몸은 미동조차 하지 않았다. 오히려 그를 향해 달려드는 무사를 향해 말을 건넸다. 여전히 검은 손에 들지 않은 채였다.

"찌르게!"

문덕의 목소리가 귀에 들어오는 순간, 무사는 검을 잡은 손에 힘을 주었다. 검은 이제 문덕의 목을 관통할 것이었다. 그러나 다음 순간 무사는 도저히 믿을 수 없었다. 자신도 모르게 손에 힘이 들어가지 않았다. 검 끝을 상대의 목으로 밀어 넣는다고 생각했지만 팔이 말을 듣지 않았다.

순간 문덕의 모습이 산과 같은 기세로 자신에게 다가오는 것을 느꼈다. 무사의 팔에 힘이 빠졌다.

"헉!"

무사는 스스로에게 놀랐다. 인고의 세월이 3년이나 흐르는 동안, 오로지 이 순간만을 기다리며 자신을 갈고닦아오지 않았던가. 그러나 이상하게도 3년 전과 똑같은 상황이 벌어졌던 것이었다.

한 걸음 물러서며 무사는 다시 한 번 마음을 다잡았다.

'다시 한 번 망설임을 보인다면 무인으로서의 내 인생은 끝이다. 오직 한 사람, 이자의 목에 검을 찔러 넣기 위해 지난 3년간 나는 비정한 마음을 굳히고 또 굳혀오지 않았던가. 오직 이 사나이의 목에 검을 찔러 넣기 위해.'

사나이가 마음속으로 독백하는 모습을 물끄러미 바라보던 문덕이 담담한 목소리를 내었다.

"오게."

'찔러야 한다. 앞에 있는 자가 누군지 의식해서는 안 된다. 그저 지난 3년간 무수히 찔렀던 허공이라고 생각해야 한다.'

자신을 추스르기 위한 무사의 마음속 독백은 끊임없이 이어졌지만 정작 손에 든 검은 마음대로 들리지 않았다.

'그런데 이 힘은 도대체 무엇이란 말인가. 이 천연덕스러운 얼굴에, 아무런 저항도 도피도 하지 않는 이자의 얼굴에 서린 이 이상한 기운은 무엇인가. 이것은 실재하는 것인가, 아니면 내 마음의 허상인가. 아아, 왜 나는 이렇듯 이유를 알 수 없는 무력감에 시달려야 하는가.'

무사는 끝없이 고민 속에 빠져들며 눈빛을 흐트러뜨렸다. 그사이, 무사의 앞까지 다가온 문덕이 천천히 손을 들어 무사의 칼날을 잡아 들었다. 그리고 무사의 칼을 바닥에 버리듯 던졌다.

쨍그렁—.

종내 무사의 검은 바닥에 떨어지고 말았다. 그와 함께 지옥과도 같은 수련 속에서 마음을 다져온 그의 3년도 허무하게 사라져갔다.

"으음."

무사는 검을 떨어뜨리고도 그 자리에 서서 움직일 줄 몰랐다. 한참의 시간이 지나서야 무사는 가까스로 말을 이을 수 있었다.

"도대체 방금 내가 느낀 것이 무엇이오이까? 나의 환영이오? 아니면 당신의 힘이오?"

"둘 다라 할 수 있소"

"……"

"심검이오. 마음의 검이지."

"알아들을 수가 없소이다."

"지난 3년간 당신은 나를 베기 위해 마음을 굳히고 또 굳혀왔지만 정작 나를 만나서는 나의 목에 검을 밀어 넣는 것을 주저하였소. 이게 바로 심검이오. 그렇게 보면 당신은 천하제일의 무사라 할 수 있소."

"심검이라니? 나는 통 알아들을 수가 없소이다."

"검은 먼저 마음과 기가 동해야 움직이는 거요. 당신은 내 목에 검을 밀어 넣겠다는 일념으로 지난 3년을 보냈지만 막상 나를 보자 검을 쓸 수 있는 마음을 찾지 못했소."

"그 마음이……"

"그렇소. 나는 당신에게 그 마음을 주지 않은 거요. 당신이 검을 써서 나를 해칠 뜻을 주지 않은 것이오."

"그것도 검의 경지인 것이오?"

"칼을 쓰는 것이 힘이듯, 칼을 피하는 것도 힘이오."

"졌소이다."

무사는 떨어뜨린 검을 주워 들어 어깨에 메고 있던 검집에 집어넣고는 문덕에게 고개를 숙였다. 문덕이 담담하게 말했다.

"누가 뭐래도 당신은 고구려 제일의 무사 중 하나요."

무사는 고개를 떨구었다.

"그러나 아직 검의 갈 길도 제대로 모르는……."

"심검은 검이 아니오. 마음의 길이오. 아무리 날 선 칼이 있어도 천진한 갓난애를 상대로 해선 그 칼을 못 쓰는 것처럼 심검이란 상대로 하여금 칼의 길을 잃게 만드는 거요."

"이제 조금 이해가 가는 듯도 하오. 아무튼 을지 공 덕분에 마음의 눈을 열었소. 감사하오. 이제 나는 진정한 무예의 길을 다시 찾아 나서겠소."

문덕에게 허리를 굽혀 인사하고 돌아선 무사는 회장 밖으로 나섰다.

그로서는 검을 쓰지 않고도 검을 제압하는 심검이란 경지가 있다는 사실을 안 것만으로도 지난 3년간의 연공보다 많은 것을 깨친 셈이었다. 그리고 마지막에 문덕이 일러준 한마디가 귓전에서 내내 사라지지 않았다.

"고구려인 중에서는 귀하가 제일의 무인이라 할 수 있소.

하지만 수(隋)에서라면 다르오."

"그가 누구이오까"

"환, 석환이라는 장군이오."

"무엇 하는 자더이까?"

"양광의 부장이오."

"양광이라면 바로 그……?"

"그렇소. 황제의 아들이자 대장군이오."

"환이라는 자의 경지는 어느 정도이더이까?"

"중원의 장군들 중에서 가장 위일 것이오."

"찾아가 베고 싶소."

무사는 문덕으로부터 환이라는 이름을 듣자 꽉 차오르는 듯한 기대감을 느꼈다. 이제는 목표를 제대로 잡은 것이었다. 어디든 강자가 있다 하면 찾아가 대결을 벌여왔던 인생이 아니던가. 그런데 이제 수나라 제일의 무인이라는 자를 안 이상 그냥 있을 수는 없는 노릇이었다.

"기다리면 분명 기회가 올 거요. 천하에 그를 당할 수 있는 사람은 그대밖에 없소. 기별을 주시오. 나는 그대에게 기대를 걸고 있소."

"그런 자라면 아예 지금 없애는 것이 낫지 않겠소? 내가 그에게 크게 미치지 못하오?"

"그 경지에서는 높고 낮음이 없지마는, 세상일에는 다 때가 있는 법이오. 그러니 때를 기다려주시오."

무사는 환이라는 이름을 뇌리에 깊숙이 박아 넣으며 문덕에게 고개를 숙이고 그 자리를 떠나갔다.

"문덕, 나는 이해할 수가 없네."

이 광경을 처음부터 끝까지 지켜본 건무가 문덕에게 의문이 가득한 목소리로 물었다.

"무얼 말인가."

"무사의 말이 맞지 않은가? 석환이라는 자가 그렇게나 흉맹한 자라면 아예 지금 찾아가 없애는 게 낫지 않은가? 무사의 실력이 안 되면 모를까, 실력이 된다면 미리 처단하는 것도 한 방법이 아닌가?"

문덕은 조용히 고개를 끄덕였지만 입을 열 듯 말 듯하면서도 끝내 대답하지 않았다.

"답답하네. 대답을 좀 해주게."

그제야 문덕은 담담한 목소리로 입을 열었다.

"세상의 일이란 인간이 함부로 머리를 써서 바꾸는 법이 아닐세. 아무리 영민한 인간이라 하더라도 하늘이 짜놓은 그물을 벗어나지 못하는 법이지. 내가 일전에 양광을 죽이지 않은 것도, 그가 나를 죽이지 않은 것도 그러한 맥락이네."

"나로서는 이해할 수 없는 일이네. 그때 자네가 양광을 죽였다면 그자로 말미암은 살겁을 막을 수 있지 않았겠나?"

"그러나 내가 그를 죽였더라면 전쟁은 미리 대비하기도 전에 일어났겠지."

"아!"

건무가 탄성을 흘렸다.

"음양은 너무나 단단히 물려 있어서, 한 가지를 건드리면 다른 한 가지가 흐트러지는 법이네. 내가 나의 마음만 따르면 하늘의 이치가 모두 흐트러지고 말겠지."

"그래서 도인들이 모두 산속으로 떠나는 것인가?"

"글쎄……."

그때 문덕과 건무 사이에 끼어드는 음성이 있었다.

"을지문덕 공이십니까?"

예의 그 무사 소년이었다. 을지문덕은 한동안 소년의 얼굴을 살피다 누군지 모르겠다는 듯 냉담하게 말했다.

"누군지?"

"천하의 영웅이라 듣고 왔는데, 소문이 잘못 전해진 듯합니다."

소년 무사는 알 수 없는 말 한마디를 남기고 몸을 돌려 걸어갔다. 그런 소년의 뒷모습을 좇는 문덕의 눈길에는 짙은 안타까움이 배어 있었다.

무녀의 딸

　문덕에게 무시당하고 정처 없이 걸어온 소년 무사는 가느
다란 풀을 입에 물고 흐린 밤하늘 아래 누워 생각에 잠기었
다. 소년의 눈에는 눈물이 그렁그렁 맺혀 있었다.

　'알아보았을 것인데……'

　몇 해 전 그의 눈에 비친 을지문덕은 무예에서도, 인간적
깊이에서도 대단한 인물이었다. 그러나 오늘 자신의 앞에 서
있던 문덕은…….

　'정녕 나를 몰라봤을까……'

　예전에 자신이 알았던 문덕이라면 분명 미소 짓는 얼굴로
자신을 맞아주었어야 했다. 그러나 문덕은 오늘 먼 길을 찾
아온 자신을 외면하고 말았다.

　"풉—."

　소년은 물고 있던 풀을 뱉고 한 바퀴 굴러 풀썩 풀밭에 고

개를 묻었다. 진한 흙내음이 코를 가득 채우자 소년은 다시 한 바퀴 몸을 굴렸다. 비록 흐릿했지만 그 나름대로 깨끗한 밤하늘이 한눈에 들어왔다.

"하아아—."

가슴 밑바닥에 있던 공기까지 모두 뱉어내고 차가운 밤공기를 조금이라도 더 들이마시려는 듯 소년이 고개를 뒤로 젖히자, 머리를 동여매고 있던 끈이 풀어지면서 삼단같이 탐스러운 머리카락이 흩어져 내렸다. 달빛에 비친 그의 얼굴은 앳되면서도 아름다운 여인의 모습이었다. 여인은 응석을 부리는 아이처럼 몸을 흔들었다.

"정말 가연일 몰라볼 수 있을까? 아니야, 그럴 리 없어."

그러나 곧 남장 여인 가연의 표정은 밝아졌다. 사실, 문덕을 만나고 만나지 않고는 중요하지 않았다. 그저 여태껏 망설여왔던 일을 마친 데 대한 홀가분함만 남아 있었다. 을지문덕은 분명 그 자리에 있었고, 갑자기 나타난 자신이 누구인지 분명 알아보았을 것이었다. 그에게 자신의 모습을 보인 것으로 충분했다. 그러면 되는 것이다.

가연은 머리를 비운 채 밤하늘을 쳐다보았다. 얼마 만인지 몰랐다. 밤하늘을 쳐다보는 일. 가연은 혼자 빙긋 웃었다가는 입을 내밀기를 되풀이하였다. 그러고는 다시 한동안 하늘만 바라보았다. 가연의 얼굴이 차츰 어두워졌다.

머릿속에 무언가가 떠올랐던 것이었다.

한 소녀와 그녀의 어머니, 그리고 초로의 남자.

"가연아, 네 할아버지……."

"예쁜 아이군. 아주 예뻐."

가연은 도저히 남자의 얼굴을 마주 보고 있을 수가 없었다. 잔뜩 겁에 질린 얼굴로 어머니가 있는 쪽과 남자를 몇 번 번갈아 바라보던 가연은 금방이라도 울 듯한 표정으로 어머니에게 달려가 안겼다. 그런 가연을 바라보고 있던 어머니의 눈에 살짝 눈물이 배어 나왔으나 그녀는 이내 슬픔을 꾹 눌러 참았다.

"이제 그만 가주시지요."

"알았다."

남자는 가연을 한 번 더 힐끗 쳐다보고는 서서히 몸을 일으켜 집 밖으로 걸어 나갔다. 가연은 사내가 나가고 나서도 한참 동안 겁먹은 표정을 지우지 못한 채 어머니의 품에 안겨 있었다.

그 후 몇 년이 흘러 스무 살이 되던 날 밤, 침상에 누워 있던 어머니가 가연을 조용히 방 안으로 불렀다. 방 안에 들어선 가연은 평소 보지 못한 어머니의 침중한 안색에 놀라 다

급히 침상으로 다가갔다. 어머니가 자리에서 천천히 일어나며 가연의 손을 잡았다. 가연은 평소와 다른 어머니의 행동에 바짝 긴장했다.

"무슨 일이에요?"

"후후, 가연아. 참 잘 컸구나……. 그날 천제님의 계시를 받았던 건 너의 운명이었다."

그날따라 어머니는 이상했다. 가연은 따뜻한 어머니의 손을 더욱 힘주어 잡았다. 평소 건강하던 어머니의 안색이 그날따라 한없이 안되어 보였다. 어머니는 가연의 손을 묵묵히 쳐다보다 가연의 놀란 얼굴에 눈길이 가고 나서야 입을 열었다.

"어머니?"

"연아, 내 이야길 잘 듣거라."

"네, 어머니."

"밖으로 나가자."

밤공기는 차가웠다. 가연은 어머니가 찬 바람에 병이라도 들지 않을까 싶어 걱정스러운 눈빛으로 쳐다보았지만 어머니의 얼굴에 드리워진 깊은 수심의 그늘로 인해 차마 말을 걸 수조차 없었다. 어머니는 가연에게 눈길 한번 주지 않고 마당에 앉아 깊은 한숨을 내쉬었다. 그러고는 하늘을 올려다보며 아주 느리게 입을 열었다.

"……너는 수나라 사람이 아니다."

가연은 화들짝 놀라 어머니의 얼굴을 쳐다보았다. 그러나 어머니는 묵묵히 하늘만 쳐다보고 있을 뿐이었다.

"네?"

"너는 고구려인이다."

가연은 어머니의 말에 소스라치듯 놀랐다.

"어떻게……?"

"나는 환웅을 받들어 뫼시는 부녀였다."

어머니는 가연의 손을 잡고 이야기를 시작했다. 가연은 놀란 얼굴로 어머니의 이야기를 조용히 듣고만 있었다.

무녀가 기거하는 처소에는 한 남자를 위시한 10여 명의 병사들과 아름다운 무녀가 대치하고 서 있었다. 무녀는 서릿발 같은 기세로 남자를 노려보고 있었으나 남자는 아무렇지도 않은 듯, 느릿느릿 무녀의 몸을 훑어보고 있었다.

"아름답군. 그대가 천제를 뫼신다는 고구려의 무녀인가?"

"그렇다."

"그렇군. 나는 양견이라고 한다."

말을 마친 사내가 오른손을 슬쩍 들었다. 그러자 뒤에 시립해 있던 병사들이 일사불란하게 달려와 무녀 주위를 둘러싸고 창을 치켜들었다.

"무슨 짓이냐!"

"고구려가 천제의 후예라고? 내 그 천제를 빼앗아 오리라."

무녀는 양견의 얼굴을 매섭게 쏘아보았다. 그 날카로운 기세에 천하의 양견이 자신도 모르게 뒤로 한 발짝 물러섰다.

"겨우 네 따위가 하늘의 뜻을 뒤집어엎는다는 말이냐!"

양견은 무녀의 무서운 기세를 접하면서 등줄기에 식은땀이 흐르는 것을 느꼈다. 그러나 명색이 북주 최고의 권력자인 그가 고작 한 명의 아녀자가 두려워 일을 포기할 순 없었다.

"하늘 아래 그 누구도 나를 얽매어놓을 수 없어."

무녀는 양견의 말이 채 끝나기도 전에 허리에 차고 있던 세 검을 뽑아 번개같이 양견에게 달려들었다. 당황한 양견의 얼굴이 순식간에 흙빛으로 변했다.

"흡―."

그러나 신음 소리는 양견의 것이 아니었다. 오히려 양견의 가슴팍에 닿으려 하던 무녀의 검이 손에서 벗어나 짧은 금속성과 함께 바닥에 떨어지고 말았다. 무녀의 동공이 순간 크게 벌어졌다가 돌아왔다.

"누가 참견하라 했느냐!"

양견의 고함 소리와 함께 무녀의 어깨에서 피가 뿜어져 나왔다. 무녀의 어깨에는 짧은 단도가 꽂혀 아직 날아온 힘을 잃지 않은 듯 파르르 떨리고 있었다. 그리고 단도 뒤에는 양견의 아들, 양용이 능글맞은 웃음을 흘리며 서 있었다.

"범하라. 반드시 자손이 생기도록."

양견은 양용에게 그 말만을 남기고 병사들과 함께 뒤돌아나왔다.

"감히 천제의 후예라고!"

양견의 두 눈에서 강한 빛이 쏟아져 나왔다. 꿈틀거리는 그의 얼굴은 몇 번을 더 움찔거리다가 이내 웃음을 터뜨렸다. 그리고 미친 듯이 웃는 그의 얼굴 뒤로 날카로운 무녀의 비명 소리가 계속해서 들려왔다.

"흐흐…… 후흐흐하핫! 하하하하핫……!"

양견의 웃음소리는 더욱더 커져갔다.

"그렇다면 하늘의 자손을 나의 핏줄 안에 넣어두겠다! 어디 진정 하늘의 자손이라면, 나를 막아보라! 하늘이여! 나를 막아보란 말이다!"

어머니의 목소리가 차차 작아지더니 이내 흐느낌으로 바뀌었다. 가연은 그런 어머니의 얼굴을 더 이상 바라볼 수가 없었다. 떨리는 몸을 추스르기에도 벅찼다. 침묵 속에서 어머니의 흐느낌만 흘러나왔다. 가연은 머릿속이 하얗게 비어가는 것을 느꼈다. 자신의 생명이 무언가 잘못된 것이라 여겨졌다. 몸이 떨려왔다. 덜덜 떨리는 몸을 붙잡아놓을 수 있었던 것은 계속해서 들려오는 어머니의 흐느낌 때문이었다. 그러나 떨림은 시간이 지날수록 진정되기는커녕 더욱 심해졌다. 소리를 지르고 싶었다.

그러나 가연이 자리에서 벌떡 일어서려는 순간, 어머니는 흐느낌을 꾹 참아 목메는 소리로 다시 이야기를 시작했다. 때문에 가연은 움직일 수 없었다.

"연아."

"……."

"나는 곧 너를 가졌다는 걸 알았다. 아니, 가지지 않고는 배기지 못했던 것일지도 모른다. 그 악적, 양용은 병사들을 시켜 나를 자결조차 할 수 없는 상태로 만들어놓고 하루도 빠짐없이, 나를 찾아왔다. 너를 가진 것이 확인되고 나서야 나는 최소한의 거동을 할 수 있도록 풀려났다."

어머니는 더 이상 말이 나오지 않는 듯 잠시 손으로 목을 움켜쥐더니 몇 번을 쿨럭거렸다. 가연은 그런 어머니를 바라다보았다. 그러나 머릿속은 여전히 백지 상태였다. 어머니는 그런 가연의 얼굴을 잠시 쳐다보다가 이내 고개를 돌려버렸다. 그리고 다시 입을 열었다.

"천제의 후예를 자신의 핏줄 안에 복속시키겠다는 양견의 만행이었다. 그리고 너를 가지게 한 것이 바로 그 증거였다.

나는 수없이 죽으려 했다. 그러나 죽음이 바로 눈앞에 다가온 어느 순간, 나는 천제의 계시를 받았다. 너는 살아서 천제의 뜻을 이루어야 하는 운명이 되고 말았다."

"그런데 왜 그렇게 슬퍼하는 거예요? 천제의 뜻을 이루는 운명이란 영광스러운 거잖아요……."

"그래, 영광스럽지. 하지만 연아, 슬퍼하지 말고 내 얘기를 들어야 한다."

가연은 힘겹게 고개를 들어 어머니를 쳐다보았다. 가연의 눈에 비친 어머니의 얼굴은 한과 서러움이 맺힌 나머지 귀기마저 서려 있었다. 그리고 그 회한의 한 모퉁이에 일말의 희망이 남아 있었다. 가연은 백지 상태인 자신의 머릿속에 무언가 흘러들어오는 걸 느꼈다. 가연의 눈가에서 한 방울 눈물이 툭 떨어졌다. 그리고 몇 방울 더. 눈물은 이내 주체할 수 없을 정도로 가연의 눈에서 흘러내렸다.

"너도 짐작했구나."

"어머니……."

"그래, 연아……. 너는 죽게 되어 있다. 네 운명이 그런 걸 어떡하느냐? 내 불쌍한 자식아!"

가연은 어머니의 품에 안겨 미친 듯이 오열했다. 밤이 지나고 동이 터올 무렵, 가연은 어머니의 품 안에서 잠이 들었다. 어머니는 조용히 잠든 가연의 얼굴을 바라다보았다.

"연아, 오늘 나는 죽는다. 너를 지켜주지 못하고 죽는다. 그러나 연아!"

곧 그녀는 고개를 떨구었다. 가연의 얼굴 위로 그녀의 눈물이 떨어져 내렸다.

"꼭, 환웅의 혼이 살아 있음을 보여주어야 한다······. 천손의 피를 지켜야 한다. 너는 절대 아이를 가지면 안 된다. 영웅을 사랑하겠지만 결국 죽어야만 한다. 불쌍한, 내 딸아!"

그녀는 조용히 품에서 비수를 꺼내 들었다. 그러곤 마지막으로 가연의 얼굴을 한 번 더 바라보았다.

"불쌍한 내 자식······."

그 말과 함께 비수는 그녀의 가슴에 꽂혔다.

가연은 다시 풀밭에 고개를 묻었다. 눈물이 흘러나오려는 것을 억지로 참았다. 결코 다시는 눈물을 흘리지 않으리라 다짐했었다. 어머니를 위해, 그리고 자신을 위해 반드시 복수할 것을 맹세했었다. 하지만 천성이 너무나 순수했기에, 가연은 결코 외할아버지나 아버지를 살해하거나 하는 길을 택할 수 없었다. 가연의 머릿속에 을지문덕의 얼굴이 재차 떠올랐다. 앙다문 잇새로 깊이 억누른 목소리가 흘러나왔다.

"문덕, 나를 못 믿나요······."

가연은 일어나서 몸에 묻은 흙을 툭툭 털어냈다. 감상에 빠져 있던 자신이 부끄러운 듯 다리에 힘을 주어 빠르게 달렸다. 밤공기가 차갑게 얼굴을 스쳐 갔지만 그럴수록 더욱 빠르게 달렸다. 강한 자극이 그나마 기분을 조금 풀어주는 듯했다.

이윽고 멀찍이서 그런 그녀를 지켜보던 두 사내가 천천히 모습을 드러냈다.

"문덕, 대체 저 여인은 누구인가?"

"알고 있지 않은가."

"대회장에 있던 그 소년 무사가 아닌가?"

"변장했던 것이지. 여인네의 몸으로는 다니기 힘들었을 테니."

"자네를 찾아온 것인가?"

"아마 그럴 걸세."

건무는 왠지 문덕에게 더 이상 물어서는 안 될 것 같은 기분을 느끼고 말을 돌렸다.

"음, 밤길에 위험하지는 않을는지."

"걱정할 만한 여인은 아니야. 강하디강한 여인이지."

문덕이 건무보다 먼저 걸음을 옮겼다. 눈을 지그시 감은 채 발을 내딛는 문덕의 모습은 어딘지 모르게 쓸쓸했다.

"연정을 느끼는가?"

"음?"

건무는 말을 내어놓고도 스스로 멋쩍었다. 문덕이, 그것도 어린 소녀에게 연정이라니. 건무는 민망한 얼굴로 문덕을 바라보며 손을 내저었다.

"아닐세. 그럴 리 없겠지. 하지만 자네가 누구 뒤를 밟는 것도 처음 있는 일이고."

문덕은 말없이 한참 더 오솔길을 걸었다. 하늘에 가득 낀 먹구름이 문덕의 수심 어린 얼굴을 어둡게 가려주었다. 평양성의 문이 보이는 언저리에 이르러서야 문덕은 입을 열었다.

"건무."

문덕의 음성이 평소와 달리 젖어 있었다. 건무는 문덕의 마음에 동요가 일고 있음을 느꼈다.

"음?"

"이야기 하나 들어보겠나?"

"궁금하네."

"저 아이의 이야길세."

"어서 들려주게나."

문덕은 걸음을 멈추고 성벽마다 불빛이 아른거리는 평양성을 주시했다.

"저 아이는 죽을 운명이네."

"호오!"

"나에 의해서 말일세."

"무슨 말인지 전혀 알 수 없네."

"서쪽의 흉성이 가장 강하게 빛날 때, 그 아이는 빛을 잃게
되어 있네."

"……."

"양용이 그녀의 부친이네. 천제의 핏줄을 끊어놓겠다는 양
견의 원모심려였지."

건무는 아무 말도 하지 못했다.

문덕은 가만히 발아래를 내려다보았다.

'가연……이던가.'

부슬부슬 내린 새벽비에 살짝 젖은 땅 위로 가벼운 발자국
이 군데군데 드러나 보였다. 어지러이 찍힌 것이 방금 달려
갔던 가연의 것임에 틀림없었다. 발자국이 자그마한 것이,
누가 보더라도 남자의 것은 아니었다. 문덕은 가슴이 눌리는
듯한 기분이 들었다. 찾아오기까지 아픔이 많았으리라.

"수년 전 처음 만났을 때 그녀는 나에게 검을 겨누었지."

"……."

"말갈 땅 근처에서 그녀는 홀로 길을 걷고 있었네. 수나라
공주의 신분으로."

"……."

"왠지 검에 한을 품은 것 같아 한참 동안 검을 받아주었네."

"……."

"너무 격렬해지기 전에 검을 날려버렸네. 그런데 그녀는 나

를 알고 있었어. 비웃더군."

"……."

"고구려 천년 영웅이란 소문을 들었건만 실망했다더군. 자신과 친한 환이라는 무사는 순식간에 자신을 제압한다고 했네."

"……."

"나는 시간이 제법 흐른 후에야 그녀가 수(隋)의 여자라는 것을 알았네. 그것도 태자의 딸이라는 사실을 말일세."

"그런데 어째서 자네를 찾아온 거지?"

"자기 어머니의 뜻인지도 모르지만…… 어쩌면 뿌리를 찾아온 것이라 할 수도 있을 걸세. 물고기가 자기 태어난 곳을 찾아가듯 말일세."

"고구려의 뿌리를?"

"글쎄……. 그보다 더 먼 과거의 뿌리이겠지. 환웅을 모시던 무녀의 딸이라면."

"그런데 왜 자네에게 검을 휘둘렀을까?"

"경고라 생각했네."

"경고?"

"그래. 수의 침공에 대한 경고가 아닌가 생각했네."

"음."

"수의 침공이 다가오고 있는데, 당신은 수에 대해 뭘 알고 있느냐고 힐난하는 거였어."

"마음은 어떤지 알 수 없지만 슬기로운 여인이 아닌가? 고맙기도 하고."

"그 아이는 수의 동태를 알려주겠다는 마음을 내게 보내온 거였어. 게다가 석환이란 자를 미리 제거하란 뜻도 알려온 거지. 그런 일을 하다 보면 결국 죽을 것이 아닌가."

"그 아이를 생각하는 자네의 각별한 마음이 느껴지네."

문덕은 잠시 고개를 들어 하늘을 바라보았다. 건무는 문덕의 마음이 흔들리고 있다는 걸 느끼고 의아한 생각이 들었다.

"이상하군, 자네의 감정은 이해할 수 없네. 그 아이에게 연정을 갖고 있는 게 아니라면 이토록 마음이 흔들릴 수 있나? 우주의 중심에 우뚝 선 호걸이 말일세."

"내가 그 아이를 죽일 것이네."

문덕은 그 말을 끝으로 입을 다물고 말았다.

말없이 두 사나이가 옮기던 걸음은 이내 성벽에 다다랐다. 잠시 걸음을 멈춘 문덕이 건무를 향해 말했다.

"이만 들어가보게. 나는 따로 가볼 곳이 있네."

"알겠네. 그럼……."

건무에게 작별 인사를 건넨 문덕은 어디론가 걷기 시작했다.

적막한 밤길에 문덕의 흰옷은 마치 유령처럼 흘렀다. 미끄러지듯 움직이던 문덕은 어느새 커다란 사당의 대문으로 접어들고 있었다. 단군을 모시는 곳. 문으로 들어서려는 문덕 앞에는 두 파수꾼이 졸음 가득한 얼굴로 앉아 멍하니 앞만 보고 있었다.

"헛— 누구냐!"

파수꾼이 일어나 창을 꼬나들고 외쳤다. 그러나 문덕은 그의 시야에서 사라진 지 이미 오래였다.

"뭐지? 헛것인가?"

"아, 것참 되게 시끄럽군."

동료에게 면박을 들은 파수꾼이 잠시 주위를 둘러보았지만 아무것도 없었다.

그리고 이미 닫혀버린 문 뒤로 사라진 문덕은 작은 사당 안으로 조용히 들고 있었다.

컴컴한 사당 안. 무엇 하나 보이지 않는 어둠 속에서 문덕은 조용히 입을 열었다.

"이곳에 있을 거라 생각했다."

구석에는 가연이 앉아 있었다.

"한 가지만 묻겠어요. 스스로를 양견이나 양광에 맞설 수 있는 인물이라 생각하나요?"

"……."

"저 강대한 수나라의 침략을 고구려는 막아낼 수 있을까요?"

"……"

"문덕, 3년 전에 내게 말하지 않았나요? 고구려를 지키겠다고! 내가 고구려인임을 자랑스럽게 여길 수 있도록 해주겠다고 하지 않았나요!"

"……"

"그런데 지금 와서 나를 피하는 이유가 무언가요? 당신의 눈은 조금도 그 빛을 잃지 않았는데, 왜 나를 바라보지 않는 거지요?"

"……"

고요한 문덕의 눈은 흔들림 없이 가연을 바라보고 있었다. 그리고 그 속에 감추어진 비애는 소리 없이 가연에게 흘러들어 그녀의 슬픔과 공명했다. 가연도 문덕의 마음을 이해할 것만 같았다.

가연은 바닥에 주저앉았다.

"문덕, 저를 이용하세요. 저는 수나라 황실의 사람. 어느 누구보다 더 문덕과 고구려에 보탬이 될 텐데. 어째서, 어째서 제가 고구려를 돕는 일조차 가로막는 건가요. 나의 분노를, 나의 증오를 왜 거절하는 건가요."

"너의 어머니께서 네가 그런 일을 하길 원했다고 생각하는가?"

"물론! 이건 사사로운 복수가 아니에요. 저는 고구려인……."

"수나라의 공주이기도 하다."

"죽어야 하는 운명이기도 해요."

"……답답하구나."

문덕은 가연을 안타까운 눈으로 쳐다보았다.

오래 이어지던 적막은 가연에 의해 깨졌다. 일어서서 문덕에게 고개를 숙인 후 가연은 뒤돌아섰다.

"결국 가려는 것인가?"

"네."

"양견과 양광은 그리 녹록한 자가 아니다. 분명 언젠가는 알아챌 것이다."

"잘 알고 있어요."

문덕은 그늘진 얼굴로 가연을 바라보았다.

"어머니가 이걸 드리라고 했어요. 필요하실 거라 했어요."

가연이 구석진 곳에서 무언가를 꺼냈다. 검이었다.

"치우검이에요. 어머님이 환웅의 계시를 받은 바 문덕님께 꼭 한 번 이 검이 필요할 거라 하셨어요."

문덕은 무릎을 꿇고 공손한 동작으로 검을 받았다. 단군 이래 전해져 내려오는 신물이었다.

가연은 문덕에게 작별 인사를 한 뒤 걸어 나갔다.

'결국 나는 가연에게 죽음을 안기고 말았는가.'

문덕의 눈이 감겼다.

'가연이 필요하기는 하다. 분명 수(隋)는 지금 준비를 하고 있다. 양광, 그는 무슨 생각을 하고 있는 것일까? 시간이 지날수록 수는 강해진다. 양견의 시대라면, 고구려는 수를 막아낼 수 있겠지만……'

고개를 두어 번 흔들었다.

'그러나 반드시 가연의 도움을 받아야 하는가. 죽여가면서까지.'

결국 문덕의 눈에서는 눈물이 흘러내리고 말았다.

역사의 뒤안길

"사신은 연금했네."

"수고했네. 반대가 만만치 않았을 텐데."

"전하의 말씀이 있으셨네. 자네와 같은 생각을 가지고 계시더군."

"영명하신 대왕이 계신 게 다행한 일일세."

"하지만 조공은 아니라 하더라도 서로 통교하고 지내는 것도 한 방법이 아닌가? 그들을 누그러뜨릴 수 있지 않겠나?"

"아니, 그렇게 될 일이 아니야. 양견에게도, 양광에게도 고구려는 그냥 둘 수 없는 나라야."

"그래, 얼마 전 자네가 양견에게는 고구려를 침해야만 하는 이유가 있다고 말했었지."

"음."

"그 이유를 말해주게. 양견이나 양광이 왜 우리를 침해야만

하는지를."

문덕은 술잔을 들이켜고 나서 말을 이었다.

"한 권의 역사서 때문이야."

"이해하기가 쉽지 않네. 한낱 역사서 때문에 수가 우리 고구려를 침략해야만 한다는 말은."

"하지만 사실일세."

"도대체 어떤 일이 있었기에 그러나?"

문덕은 긴 이야기를 시작했다.

천하를 통일한 양견은 스스로 위엄을 보이고자 노력하였다. 그런 그에게 조촐하게 치른 황제 즉위식은 늘 한이 되었다. 이런 그의 심리를 누구보다 잘 알고 있던 환관 저록이 양견의 가려운 곳을 긁어주었다.

"폐하, 항우를 무너뜨리고 천하를 통일한 한의 고조도 문무백관의 배례를 받고서야 비로소 황제가 된 것을 깨달았다고합니다. 지금 폐하께서는 천하의 주인이 되셨지만 아직도 사람들 중에는 폐하를 알지도 못하는 자가 즐비하다고 합니다. 폐하께서는 백성을 생각하고 나라의 살림을 염려하는 뜻에서 즉위식을 검소하게 치르셨지만, 지금 와서 보면 이는 백성으로 하여금 황실의 위엄을 느끼지 못하도록 한 바 있어 후회되는 일입니다. 이제 강토는 평정되었고 백성은 안정되

었으니 마땅히 천하에 폐하의 위명을 알리는 제례를 올려야
할 것으로 사료되옵니다."

"제례라?"

"그러하옵니다. 이제껏 유례가 없었던 대규모 제례를 올려
하늘에 천자로서의 할 도리를 다하시고 만천하에 폐하의 자
애를 베푸셔야 할 줄로 생각되옵니다."

"듣고 보니 그럴듯하도다. 그럼 그렇게 하도록 하라. 기왕
할 바엔 이제껏 유례가 없었던 규모로 하라."

사람들은 황제의 명에 따라 이제껏 유례가 없었던 대규모
행사를 준비하기 시작했다.

"제례에는 무엇보다 선례가 중요하다. 과거 삼황오제는 하
늘에 어찌 제를 올렸는지 철저히 검증하여 비록 사소한 것이
라도 예를 어기는 일이 없도록 하라!"

예부대신의 명을 받은 사관들이 제례에 관한 과거의 기록
들을 면밀히 검토하기 시작했다. 문제의 발단이 된 것은 한
사관이 찾아낸 '상서'라는 문서였다.

'요임금을 이은 순임금은 즉위에 즈음해 먼저 예를 갖추는
것이 중요하다고 여겨 동방의 군자국에 사신을 보내 인사를
올렸다.'

사관은 별 뜻 없이 자신이 찾아낸 이 기록을 위에 올렸고
예부에서도 과거의 선례를 존중한다는 뜻에서 이 문서의 기

록을 따라야 한다고 생각했다. 그러나 이런 예부의 계획은 양견의 분노를 폭발시키고 말았다.

"그래? 그런데 동방의 군자국이란 어디를 말함이냐?"

양견의 심상치 않은 기색에 놀란 예부대신은 입을 꾹 닫고 말았다.

"동방의 군자국이라……, 왜 대답이 없느냐?"

황제가 재차 묻는 바람에 예부대신은 대답하지 않을 수 없었다.

"그것은 아마도 조선을 말하는 듯싶습니다."

"조선? 짐은 그런 이름을 들어보지 못했는데."

"오래전 동방에 있던 나라입니다."

"그래? 지금의 고구려가 있는 자리였더냐?"

"그러하옵니다."

"그렇다면 그 조선은 지금의 고구려와 무슨 관계라도 있더냐?"

양견의 눈썹이 떨리고 있었다. 위엄을 떨치고 싶어하는 늙은 황제는 무서운 집중력으로 예부대신의 대답에 귀를 모았다.

"그들의 후손이 바로 고구려입니다."

"그들의 후손이 고구려라? 그렇다면 고구려가 바로 그 동방의 군자국이란 얘기인가?"

"그러하옵니다."

"푸하하하!"

사람들은 모두 양견의 광소에 겁을 집어먹었다. 그가 이렇게 웃고 난 다음에는 반드시 무서운 일이 생기곤 했기 때문이었다. 과연 그러했다. 광소를 거둔 양견의 입에서 튀어나온 명령은 잔혹한 것이었다.

"여봐라! 저 예부대신 놈의 혓바닥을 잘라라! 그리고 그 사관인가 뭔가 하는 놈의 눈알을 뽑고 죽여버려라!"

양견의 명령이 떨어지자마자 대기하고 있던 친위병들이 달려들어 예부대신의 멱살을 우악스럽게 낚아챘다. 예부대신은 안색이 파랗게 질려 울부짖었다.

"폐하! 이건 제가 지어낸 게 아니라 역사서에 분명 있는 사실이옵니다. 제가 이 두 눈으로 똑똑히 확인했사옵니다."

"분명히 보았다구? 그럼 저놈의 눈알까지 뽑아버려라!"

양견의 분노는 엄청났다. 그는 한참이나 혼자 광소를 터뜨리다 문무백관을 향해 무시무시한 음성을 내뱉었다.

"내가, 이 양견이 한평생을 바쳐 중원을 통일한 이유를 아는 사람이 있는가?"

양견의 물음에 아무도 대답하는 자가 없자, 그는 다시 한번 광소를 터뜨렸다.

"천자! 바로 천자가 됨이 아니더냐? 하늘의 아들 말이다."

"폐하! 폐하께서는 누가 뭐래도 천자이십니다!"

"그러하옵니다!"

"그러하옵니다!"

신하들의 복창이 어전을 뒤덮었지만 양견의 분노는 가라앉지 않았다.

"무어라? 내가 천자라? 그렇다면 순임금이 동방의 군자국에 사신을 보내 인사를 차렸다는 것은 무엇이냐? 그것이 기록에 있다는 것 아니냐? 그놈의 상서인지 뭔지에 말이다!"

사람들은 내심 말하고 싶은 것이 있었지만 감히 앞에 나서 입을 벌릴 용기가 없었다.

"게다가 고구려가 그 군자국을 이었다고? 그렇다면 이제 수나라의 황제인 나도 고구려에 사신을 보내 천제를 지낸다고 인사를 올려야 한다는 얘기냐!"

신하들은 쥐 죽은 듯 잠잠했다.

"아니다. 그 사관이란 놈을 죽이지 말고 이리 데려오너라! 내 그놈의 아가리에서 무슨 소리가 튀어나오는지 직접 들어야겠다!"

곧바로 사관이 끌려오자 양견은 평소의 표정을 회복하고 침착한 목소리로 물었다.

"겁먹지 말고 아는 대로 대답하렷다!"

그러나 사관의 목소리는 떨릴 수밖에 없었다.

"화, 황공하옵니다."

"과연 과거의 기록에 그런 것이 있더냐?"

"그러하옵니다. 틀림없이 있사옵니다."

"그렇다면 그 군자국의 이름은 무엇이냐?"

"조선이라 하옵니다."

"조선이라? 그 나라가 그리도 오래되었단 말이냐?"

"그러하옵니다. 요순시대부터 중원과 교류가 있었다 합니다."

"전설상의 요순과 말이지?"

"그러하옵니다."

"그렇다면 그 나라도 전설상의 나라가 아니냐?"

"……."

양견은 사관이 대답하지 않자 다소 누그러진 목소리로 말했다.

"네가 아는 바를 편히 말하라."

"폐하, 요순은 전설상의 임금이 아니옵니다. 저는 그간 사료를 정리하면서 요순의 실재를 증명하는 많은 사실을 알게 되었습니다."

"그래서 조선도 실재했던 나라라는 거냐? 중원을 제외한 모든 지역에 야만인들만 득시글거릴 당시, 순임금이 사신을 보내 인사를 차렸을 정도로 나라 꼴을 갖추고 있었다는 얘기냐?"

"그러하옵니다."

"한심한 녀석. 어디 세상에 믿을 수 없는 종이쪽지가 한둘이더냐! 그 상서인지 뭔지 하는 것에서 동방의 군자국 운운하는 구절을 찢어내 불살라라. 어디 고구려 따위가 아득한 옛날부터 내려왔단 말이냐!"

사관은 몸을 떨면서도 용기를 내어 양견에게 불복했다.

"폐하! 사서를 찢어낼 수는 없는 일입니다."

"뭐라구! 이 발칙한 놈. 여봐라, 저놈의 혀를 뽑아라!"

양견의 명령에 따라 군졸들이 달려들어 사관을 끌고 나가려 하자 양견이 다시 한 번 호통을 쳤다.

"아니다. 이 자리에서 그놈의 혀를 뽑고 눈알을 뽑아라! 그놈은 수의 관리가 아니라 고구려의 관리인 모양이다."

병사들이 사관의 무릎을 꿇리고 집게를 가지고 와 입을 강제로 벌리자 사관은 체념한 듯 발버둥 치던 것을 멈췄다.

"그래, 이놈아! 다시 한 번 그 아가리를 놀려보아라! 짐에게 조공도 바치지 않는 괘씸한 고구려가 그 옛날 요순 시절부터 유래했다는 말이야?"

"그러하옵니다."

사관의 떨리는 목소리에 양견의 분노는 더욱 거세게 타올랐다.

"뭐라? 여봐라! 어서 저놈의 혀를 뽑아라!"

사관을 둘러싼 병사들이 혀에 집게를 들이대기 위해 앙다

문 사관의 턱을 망치로 내리치기 직전이었다.

"폐하! 저 하나는 죽여 입을 막을 수 있고 상서는 찢어버릴 수 있겠지만, 역사는 손바닥으로 가린다고 묻어버릴 수 있는 게 아닙니다. 조선이라는 나라는 분명 실존한 나라이고 고구려는 조선을 이은 동이족의 나라입니다."

"흐흐, 그 상서인지 뭔지 하는 정체불명의 종이쪽지 하나에 의지해 그런 주장을 한단 말이냐?"

"그렇다면 다른 기록을 알려드릴 수 있사옵니다."

사관은 죽음이 임박했음에도 불구하고 양견 앞에서 자신의 주장을 굽히려 들지 않았다.

"다른 기록이라? 듣기 싫다. 모두 다 그런 정체가 불분명한 종이쪽지 아니더냐? 공자님이 인정한 전적이라면 몰라도."

"그렇다면 바로 그 공자님이 인정한 전적으로 증명해 보일 수 있사옵니다."

"무슨 개소리냐? 조선인지 뭔지 하는 나라가 중원의 비중 있는 서책에 언급되었단 말이냐?"

"그러하옵니다."

"만약 지어낸 말이라면 네 가족을 모두 사지 절단한 후 몸의 모든 구멍에 불에 달군 쇠꼬챙이를 꽂아 죽이리라!"

"무방하옵니다."

"네놈은 공자님이 인정한 어떤 서책에 그 조선이 언급되어 있다고 할 것이냐?"

이제 사관은 양견의 협박에 조금도 굴하지 않고 꼿꼿하게 맞섰다.

"유학의 경전으로 증명하면 되겠사옵니까?"

"유학의 경전?"

양견은 주춤했다. 약삭빠른 그는 머릿속으로 여러 경우를 떠올려보았다. 유교의 경전이라 하더라도 온갖 형태의 변설이나 구술이 종잇장에 끼적거려 있을 것이었다. 그는 고개를 갸우뚱하다 나름대로 훌륭한 결론을 이끌어냈다.

"유교의 경전이라면 물론 믿을 만하다. 그러나 쓸데없는 경전도 더러 있을 터. 따라서 나는 천하가 인정하는 사서오경 중 하나라야 받아들이겠다."

"그러겠사옵니다."

양견은 흠칫 놀라지 않을 수 없었다. 사서오경 중 하나라는 무거운 조건을 달았음에도 사관은 조금도 굴하지 않는 것이었다.

"여보게, 『시경』을 좀 갖다주게."

사관은 뒤를 돌아보며 동료 사관에게 『시경』을 부탁했다. 조정의 많은 신하들이 사관의 입에서 튀어나온 '시경'이란 말에 놀랐다. 『시경』이란 『서경』 『주역』과 더불어 유학의 가장 중요한 3대 경전 중 하나가 아닌가. 여기에 『춘추』와 『예기』

를 넣으면 오경이 되는 것이었다. 중원의 가장 훌륭한 고전으로 꼽히는 『시경』에 이 사관이 얘기하는 조선이라는 나라에 관한 언급이 있을 거라고는 아무도 생각하지 못했다. 그것은 양견도 마찬가지였다.

"『시경』이라면 서주에서부터 춘추시대까지의 시들을 모은 책이 아니더냐?"

"그러하옵니다. 공자님은 『시경』을 가장 중요한 고전으로 꼽았고, 틈날 때마다 『시경』을 가르치는 걸 즐기셨습니다."

"그래, 그 『시경』에 네놈이 말하는 그 조선이라는 나라가 있다는 말이냐?"

"그러하옵니다."

사관의 목소리에는 자신감이 흘러넘쳤다. 잠시 후 동료가 가지고 온 『시경』을 손에 쥔 사관이 힘 있는 손길로 책장을 넘겨나갔다.

"폐하! 여기를 보시옵소서."

"이리 가져오너라."

양견은 『시경』을 건네받아 한참 살폈다. 사관이 지목한 것은 『시경』의 한혁편(韓奕篇)이었다.

"여기 나오는 한후(韓侯)라는 인물이 네가 얘기한 조선 사람이냐?"

"그렇사옵니다. 조선에서는 그들의 지도자를 한이라고도

하고 단군이라고도 했습니다."

"그렇다면 한후가 조선의 통치자란 얘기냐?"

"그러하옵니다. 『시경』의 한혁편은 한후라는 인물이 서주 왕실을 방문했을 때 서주 왕실에서 그를 환대한 내용입니다."

"하면, 네놈은 이 한혁편을 가지고 한후가 조선의 통치자라고 단정하는 것이냐?"

"그렇진 않사옵니다."

"그렇다면?"

"동한시대 왕부(王符)가 지은 『잠부론(潛夫論)』에 한혁편의 한후가 누구인지에 대한 상세한 설명이 있사옵니다."

"그래?"

양견은 이상할 만큼 조선이라는 나라에 대한 관심이 많았다. 그것은 바로 고구려 때문이었다. 그는 중원을 일통한 후 중원의 각 지역은 물론 주변의 이민족들이 보내오는 조공에 매우 흐뭇해하고 있었는데 유독 동북쪽의 고구려만 조공을 보내오지 않았다. 게다가 고구려 왕은 일개 소국의 왕인 주제에 자신과 대등한 위치로 자리를 매기고 있었으므로 분통을 터뜨리고 있던 참이었다. 애써 고구려를 폄하하는 태도로 지내오던 그는 고구려가 조선이라는 오래된 나라의 후예라는 이야기를 듣자 미칠 것만 같았다.

"그 잠부론인지 잡부론인지에 뭐라고 쓰여 있느냐? 한후가 어떤 놈이라고 쓰여 있느냔 말이다."

사관은 이제 더욱더 또렷한 목소리로 말했다.

"한후는 기자조선과 위만조선의 동쪽에 있던 나라의 통치자라 기록되어 있사옵니다."

"그 나라가 조선이라는 말이냐?"

"그렇사옵니다."

"『시경』에 기록된 이 내용들이 모두 사실이라는 말이냐?"

"그렇사옵니다."

"으음."

양견은 극도로 자존심이 상했다. 『시경』의 한혁편에는 서주가 조선이 추와 맥 지방을 다스리도록 허용했다는 내용이 있었다. 그렇다면 추와 맥 지역이 서주와 조선의 국경이라는 얘기가 되는데, 추와 맥 지역은 당시 중원에 속하는 지역이었다.

"이것도 사실이냐? 서주의 왕이 자신의 질녀를 한후에게 주었다는 이 망할 놈의 기록도?"

"그렇사옵니다."

"푸하하하! 이따위 쓰레기 같은 책은 불질러버려라!"

양견의 자존심은 형편없이 추락했다. 그 추락한 자존심 위로 분노의 거센 불길이 활활 타올랐다.

"폐하!"

학사 벼슬에 있는 도명이었다.

"무엇이냐?"

"방금 내린 명령을 거두어주옵소서. 『시경』은 고전 중의 고
전이옵니다."

"으음."

양견은 자신이 실언했음을 깨달았다. 『시경』을 태운다면
자신은 천하의 웃음거리가 될 것이었다.

"『시경』을 제외한 나머지 종이 쪼가리들 중에서 조선 어쩌
구 하는 내용이 나오는 것들은 모두 찢어버리거나 태워버려
라. 그리고 앞으로는 내 눈에 그런 글자가 보이지 않도록 할
것이며, 내 귀에 그런 소리가 들리지 않도록 하라!"

"명심하겠사옵니다."

"그리고 저놈은 해가 지기 전에 죽여야 할 것이다!"

사관은 발버둥 치지 않았다. 오히려 그는 두 눈을 부릅뜨고
양견을 노려보면서 당당한 태도로 끌려 나갔다.

"고구려! 이 괘씸한 놈들. 너희가 감히 요순과 대(代)를 같
이하는 놈들이라구? 내 이놈들을 가만두지 않고는 절대 천자
라 일컫지 않으리."

문덕이 전한 양견의 얘기는 여기까지였다. 건무가 근심 가
득한 목소리로 말했다.

"양견은 그렇다 치더라도 양광은 다르지 않을까?"

"아니, 그보다 더할 걸세. 그야말로 천하에 대한 소유욕이 있는 자지. 고구려가 중원과 견주었다는 그 사실 하나만으로도 견디지 못하는 자네."

"양견이 황제의 자리에 오를 때부터 전쟁의 씨앗은 뿌려진 거였군."

하지만 애국 왕제 건무의 표정은 어둡기만 했다.

"지금 당장은 무엇을 해야겠나?"

"변방의 부족들을 끌어들이고, 군사를 키우며 요하의 거점마다 요새를 축조하여야 할 것이네."

"그럴 만한 시간이 있겠는가?"

"짧지만 아주 없는 것도 아니지."

"음, 내가 할 일을 자세히 말해주실 수 있겠나?"

문덕은 붓을 들어 글을 쓰기 시작했다.

'요동성을 비롯해 회원진(懷遠鎭), 무려라(武勵邏) 성 등을 증축하고 요하의 지류, 혼하(渾河)와 태자하(太子河) 등에 요새를 설치, 토성(土城)이나 석성(石城)을 쌓고 그 사이에는 산성(山城)을 쌓아 식량과 병장기를 비축하며……'

움직이는 수

597년 5월. 아직 봄이건만 이해는 유난히도 무더위가 빨리 찾아왔다.

"힘든가?"

땀으로 범벅이 된 채 무거운 군장비를 져 나르던 병사는 나직한 목소리에 문득 뒤를 돌아다보았다. 병사의 얼굴에 순간 당황스러움과 경외의 기색이 동시에 어렸다.

갑옷을 입지 않은 채, 남색 무복 차림으로 거대한 말 위에 앉아 안쓰러운 듯 자신을 내려다보고 있는 남자, 진왕 양광. 병사는 몸 둘 바를 몰랐다.

"헉, 괘…… 괜찮습니다."

"고생이 심하구나."

병사는 양광의 다정스러운 말에 당황하여 입을 열 수 없었다. 그리고 이 거대한 남자 앞에서 나약한 모습을 보이기 싫었다. 그런 마음은 주위에 있던 병사들도 마찬가지였다. 자랑스러운 자신들의 장군을 실망시키고 싶지 않았다.

"장군님……."

실전보다 더한 훈련에 늘 욕지거리를 입에 매달고 지내던 병사들이었지만 양광의 자애로운 목소리를 대하고는 지친 기색 없이 다시 훈련에 열중하기 시작했다. 이들을 바라보는 양광의 얼굴에 동정과 미안함의 기색이 어렸다.

"진왕 전하!"

"무슨 일인가?"

"양용 태자의 의욕이 너무 지나친 나머지 훈련 중에 죽어가는 군사들의 수가 이미 500이 넘었다고 합니다."

"안다."

우중문이 잔뜩 화가 난 얼굴로 들어와서 보고했다.

"이건 훈련이 아니라 아예 군사들을 도살하는 격입니다."

"입 다물라."

"알겠나이다."

우중문은 씁쓸한 얼굴빛으로 보고를 마치고 돌아갔다.

양견이 고구려는 동방 군자국의 후예라고 한 사관의 말에 격분해 고구려를 치겠다고 선포한 이후, 태자 양용은 군사 훈련을 무섭도록 시켜댔다.

양견은 나이가 들어 노쇠해진 상태라 자신의 감정을 제어

하지 못했다. 그런 상황에서 사신의 연금은 그에게 극도의 분노를 불러일으켰다. 그는 자신이 중원을 통일하였음에도 불구하고 고구려라는 이적(夷狄)을 만난 것에 대해 크게 화를 내고 있었다. 틈날 때마다 불같은 고함을 질러댔다.

"당장 고구려 도적들을 토벌하라!"

그러나 양견의 분노에 맞서 전쟁을 만류하는 자는 그 많은 문무백관 중에서 양광 단 한 사람뿐이었다.

"폐하, 지금은 때가 이르옵니다. 고구려 도적들의 만행에 대해서는 만백성이 모두 분노하는 바이나 국력을 정비한 후에 토벌하는 것이 옳은 줄 아뢰옵니다."

"뭐라!"

"부병(府兵)을 시작한 지 얼마 되지 않았은저, 큰 군사를 낼 준비가 아직 덜 되어 있사옵니다."

"광, 네 이놈! 일개 오랑캐 국가가 조공도 바치지 않는 주제에 문헌에는 동방의 군자국 운운하고 있지 않느냐! 돌궐이나 말갈이 여기에 부응해 날이 갈수록 나를 얕잡아보는데 너는 나의 억울함을 풀어주기는커녕 이런 수모를 당하고도 가만 있으라고만 하니 불효자가 아니냐! 이제 보니 네놈은 쓸개조차 없구나!"

문제(文帝)는 요지부동이었다. 게다가 태자 양용을 비롯한 몇몇 중신들은 무조건 아부하며 양견을 부추겼다.

"감히 폐하의 결단을 꺾고 치욕을 감수하겠다니, 혹시 너는 겁이라도 집어먹은 것이 아니냐?"

양용이 그 작은 눈을 더더욱 가늘게 뜨며 양광을 책했다.

"앞으로 다시 한 번 내게 신중론을 고하는 자는 지위 고하를 막론하고 당장 참수할 것이니라. 짐은 고구려를 친다. 한왕 양양(楊諒)과 대장군 왕세적(王世績)은 출전 준비를 하라. 지금이 3월이니 금년 9월 10일 이곳을 떠나 10월 하순까지는 평양을 정벌하고 죄인 고구려 왕을 압송하라! 그리하면 준비 기간은 충분하리라. 내 30만 대군을 내줄 터이다."

문제의 서릿발 같은 기세에 조정에는 침묵만 감돌았다. 양광은 몇 번이고 입을 열려 하다가는 겨우 참았다. 지금 나서 보아야 황제의 분노만 더욱 돋울 것이 분명했기 때문이다. 게다가 양광은 자신의 실룩거리는 입술에 태자 양용의 눈길이 계속 와 박히는 것을 알고 있었다. 지금 황제를 건드리는 것은 양용의 꾐에 빠지는 것이나 다름없었다.

"폐하!"

양광을 비롯한 온 중신의 눈길이 소리가 난 곳으로 쏠렸다. 거기에는 공부대신 유사룡(劉士龍)이 의연한 기세로 서 있었다.

"말하라."

유사룡은 힐끗 양광을 쳐다보곤 문제 앞에 나섰다.

"고구려의 악적들을 당장 토벌해야 한다는 폐하와 태자 전하의 말씀은 지극히 옳습니다. 허나 시기가 좋지 않다는 진왕 전하의 말씀 또한 옳습니다. 한데 신이 생각하기에는, 오히려 사람이 좋지 않은 듯싶사옵니다."

유사룡이 잠시 말을 끊자 자리에 있던 왕세적과 양양이 유사룡을 무섭게 노려보았다. 지금 자신들이 무능하다 말하고 있는 것이 아닌가.

"그건 또 무슨 말이냐?"

"대장군과 한왕 전하 두 분 모두 지극히 훌륭하신 분이오나, 이견이 날 경우 두 분 사이에 정확한 판단이 서지 않을까 두렵사옵니다. 하여, 전술에 관해서는 좀 더 확실한 결정을 내려주실 수 있는 분, 바로 태자 전하를 함께 보내심이 어떠한가 여쭈옵니다."

"음……."

문제는 잠시 생각에 빠졌다가 고개를 들었다. 유사룡은 태자로 하여금 일에 대한 책임을 지라 말하고 있는 것이었다. 일리 있는 말이었다. 게다가 양용은 요즘 군사 훈련에 날을 지새고 있지 않은가. 양견이 입을 열었다.

"그대의 말이 옳다. 태자도 함께 가도록 하라."

양용은 멈칫했으나 이내 입가에 웃음을 떠올렸다.

이제껏 다소 망설이고 있었지만 사태가 이렇게 된 이상 적극적으로 공을 세우는 방향으로 나아가리라 생각했다. 고구

려군과 싸우는 것은 겁나는 일이었으나 이번 황제가 보내는
30만 군세에 요동의 얼마 되지 않는 군사들이 감히 맞설 수
있으랴 하는 생각이 들었다.

"황공하옵니다, 폐하. 기쁜 마음으로 출진하여 꼭 성과를
이루고 돌아오겠습니다."

양용은 황제에게 머리를 조아렸다.

정전을 물러나오는 양광의 얼굴에는 수심이 가득했다. 나
라에 대한 걱정과 태자 양용에 대한 분노가 터져나올 듯 머
릿속에서 꿈틀대고 있었다.

'장차 이 나라는 어찌 될 것인가.'

양광의 눈앞에 간사한 양용의 모습이 떠오르며 춤을 추었다.
양광은 손톱이 살을 파고 들어갈 정도로 주먹을 꽉 쥐었다.

"군사를 모르는 자가 그러한 대군을 끌고 가다니……"

양광은 이번 출전이 어딘지 모르게 안심되지 않았다. 그렇
다고 태자 양용이 황명에 의해 군사를 이끌도록 된 이상, 자
신이 나설 수도 없는 일이었다.

태자 양용은 들떠 있었다. 이제야말로 자신의 능력을 보일
기회라는 생각에, 그는 시종일관 미소를 감추지 못했다. 대
장군 왕세적이 있고, 용맹한 동생 양양이 있는 데다 군사는
무려 30만이다. 전쟁은 이들이 할 것이므로 자신은 황제와

같은 위엄을 부리다 돌아오면 공은 모두 자신의 차지가 될 것이었다.

"이놈들아, 훈련은 실전처럼 해야 하느니라!"

양용은 어디선가 주워들은 말을 입에 달고 다니며 훈련 중인 병졸에게 채찍을 휘둘러댔다. 이것은 양용의 간교한 계략이었다. 전쟁은 보나마나 이길 테고, 그때 가서 사람들은 태자의 매서운 훈련 덕분에 전쟁에서 승리할 수 있었다고 평가할 것이었다.

"말을 가져오너라!"

태자 양용은 훈련 중인 군사들 앞에서 자신의 위엄을 한번 보여야겠다는 생각이 들었다. 양용은 자기 앞에 대령한 말을 한동안 쏘아보다 훌쩍 뛰어올랐다.

"오오!"

아첨꾼들의 과장스러운 감탄에 양용은 더욱더 기가 올랐다.

"이랴!"

양용이 자신의 말을 한 번 획 잡아채자 말은 앞발을 공중으로 치켜들어 흔들며 긴 울음소리를 내었다.

"허— 형님, 언제 그렇게 말 타는 솜씨가 느셨소?"

"내가 무언들 못하겠느냐. 흐흐. 어떠냐, 광이 놈보다는 훨씬 멋지지 않느냐?"

"하하, 광 형님이야 요즘 술에만 미쳐 있는 분인데 아무려면 형님만 하겠습니까."

"흐흐흐…… 미친놈이 맞지. 그런데 왜 백성들은 그런 놈을 그토록 칭찬하는 건지. 영 못마땅하단 말야……."

양용은 말끝을 흐리며 다시 멋들어지게 고삐를 잡아챘다. 무예와는 거리가 먼 양용이 그동안 아무도 몰래 수십 번 연습하여 익힌 기술이었다. 말고삐를 잡은 양용의 손이 멋진 자세로 하늘을 향해 치켜올라갔다. 그러나 이번엔 말이 히힝거리며 앞발을 드는 대신 크게 엉덩이를 들썩였다.

"어어……?"

양용은 순간 말등에서 균형을 잃고 비틀거리다가 말이 재차 엉덩이를 들썩이자 한쪽으로 몸이 기울면서 말안장을 붙들고 늘어지는 형상이 되었다. 양양이 다급하게 외쳤다.

"형님!"

그러나 양용의 말은 아예 주인을 떨어뜨리려는 듯 투레질을 하며 다시 힘차게 뒷발로 엉덩이를 크게 들썩였다.

"아앗!"

결국 양용은 말안장 잡은 손을 놓치고 하늘로 치솟았다가 땅에 떨어져 나뒹굴었다. 양양이 급히 형의 몸을 잡아채려 했으나 이미 양용은 풀썩거리는 먼지 속에서 초라한 모습으로 나동그라져 있었다.

"이런, 젠장할."

멋들어지게 갖춰 입은 양용의 금색 무복은 이내 흙투성이로 변해 초라하기 그지없었다. 양용이 새빨개진 얼굴로 벌떡 일어나 칼을 뽑아 들고 자신의 말을 향해 크게 휘둘렀다. 말은 몇 번 피했으나 결국 수없이 휘둘러대는 양용의 칼에 피를 흘리며 쓰러졌다. 양용의 얼굴에 잔인한 미소가 떠올랐다.

"감히 누가 이런 미친 말을 내게 타라고 권한 거지?"

양용은 뒤를 돌아보았다. 호위병들은 아무것도 보지 못했다는 양 정면을 향해 고개를 고정시키고 있었으나 양용은 그런 그들의 모습에 더욱 약이 올랐다.

"뭘 보는 거냐! 이 하찮은 자식들이."

양용은 말의 피로 물든 검을 들고 양양의 옆을 지나 호위병 앞으로 걸어갔다. 양양은 잠시 형을 말릴까 하다가 이내 그의 자존심을 위해 포기했다. 벌건 눈을 한 양용은 검을 들어 호위병의 배에 깊이 찔러 넣었다.

"너희가 가져온 말 때문에 내가 이 지경이 되었잖아!"

"으헉!"

호위병 하나가 양용의 검을 맞고 나뒹굴자 다른 호위병이 급히 말했다.

"저는 아무것도 보지 못했습니다. 즉시 새로운 말을……."

"닥쳐!"

양용은 쓰러진 호위병의 배에서 검을 뽑으려고 한참 끙끙

대다가 갑주에 이가 물려 잘 빠지지 않자 호위병의 검을 대신 뽑아 다른 호위병의 목을 향해 휘둘렀다.

"으윽!"

이내 두 번째 희생자의 목이 떨어져 나뒹굴자 다른 호위병들의 안색이 새파래졌다.

"태자 전하, 저희는 정말 아무것도……."

"입 닥치라니까!"

양용은 시끄럽다는 듯 다른 호위병도 찔러 죽였다. 세 명의 호위병이 쓰러지자 살아남은 호위병들은 아연실색했다. 이를 보고 화가 조금은 풀린 듯, 양용은 굳은 얼굴로 떨리는 몸을 겨우 추스르며 정면을 응시하는 호위병들에게 짜증스러운 기색을 드러낸 채 명령했다.

"네놈들은 내가 특별히 살려주마. 어서 새로운 말을 가져와."

"예…… 예!"

양양은 허겁지겁 뛰어가는 호위병들과 양용의 모습을 번갈아 바라보며 할 말을 잊은 듯 고개를 저을 뿐이었다.

양용이 한창 살생에 열을 올리고 있을 때, 양광은 술상을 앞에 두고 우중문과 마주 앉아 있었다.

"불안하다."

"그래도, 숫자가 30만인데. 고구려는 감당하지 못할 것입니다."

"그것이 바로 맹점이야. 3만이라면 평범한 장수도 관리할수 있어. 전염병이 돌면 격리하고, 천재지변이 닥치면 피하면 된다. 허나 30만은 그렇지 못하지. 게다가 행군원수가 형님, 바로 양용 태자인 데에야."

"양양 전하와 왕세적 장군이 있지 않습니까?"

"그 점이 좀 위안이 되긴 하지만……, 여하튼 왠지 불안해."

"그렇습니까……. 하지만 솔직히 이 전쟁, 승리하는 것이꼭 이로울 것 같지만은 않으니……."

"허, 중문. 나라의 불행을 바라는 것이, 자네 마치 반역자같지 않은가. 그래선 안 돼."

"그래선 안 되겠지만……, 저는 역시 30만 대군의 손실보다 태자 전하께서 폐하의 신임을 얻는 것이 더 두렵군요."

우중문의 이 같은 말에 양광의 얼굴이 굳었다.

"그도 맞는 말일세."

"그렇습니까?"

"형님이 황위에 오르면…… 이 나라는 대체 어찌 될는지."

"동감입니다."

"형님은 군사를 모른다. 무엇보다 백성을 모른다. 아아, 형님은 이 나라의 태자! 하지만 형님은 아무것도 아는 게 없어."

양광은 비애에 잠겼다.

"중문."

"예."

"근래 들어 형님에게 부합하는 세력이 부쩍 늘어가고 있어."

"그렇습니다. 왕세적 대장군이라든가……. 폐하께서 연로하셨으니 자연스레 생기는 일이겠지요."

"그럴수록 나를 배제하려는 세력은 점점 더 강해지고 있으니……."

양광은 탄식 끝에 들고 있던 술잔을 입에 대었다가는 술이 식은 것을 알고 그냥 내려놓았다. 한 번에 자신의 술잔을 들이켠 우중문이 양광의 그러한 행동을 보고 갑자기 의아스러운 눈빛으로 양광을 쳐다보았다.

"진왕 전하."

"음? 왜 그러나?"

"술잔을 내려놓으셨군요."

"그래. 술이 식었군."

"요즘 많이 변하셨습니다. 예전에 비해 말입니다."

"그런가?"

"술이 식어 차가워져도 한입에 털어 넣으시던 분이, 요즘은 스스로를 챙길 줄 아시게 되었군요."

"그런가."

"예, 보기 좋습니다."

양광과 우중문은 하인을 불러 다시 술상을 봐오게 한 후 마주 앉아 연거푸 술잔을 들이켰다. 하지만 양광에게는 자신이 변했다는 우중문의 뜬금없는 말이 가볍게 와닿지 않았다.

술이 제법 거나해지자 우중문은 잡다한 과거사를 떠들어댔다. 그러나 양광의 마음은 시간이 갈수록 무겁게 가라앉았다. 우중문 역시 양광이 웃으며 술잔을 들다가 간간이 드러내는 어두운 표정을 보고 걱정스러운 기색을 띠었다 지우곤했다. 자연스레 술자리는 오래가지 못해 파했고, 우중문은 이내 자리에서 일어섰다.

"장군, 그럼 가보겠습니다."

"취중에 조심해서 들어가게."

"예. 그럼."

우중문이 천천히 일어나 방 밖으로 걸어 나가자 양광이 그를 따라 나왔다.

"가겠습니다."

우중문은 따라 나온 양광에게 재차 작별을 고하고 등을 돌렸다.

"중문."

잠시 돌아가는 그의 등을 바라만 보던 양광이 갑자기 우중문을 불렀다.

양광의 목소리를 듣고 무언가를 생각하는 듯 잠시 멈춰 서서 고개를 숙이고 있던 우중문은 이내 뒤로 돌아서, 양광의 손을 두 손으로 굳게 붙잡았다. 우중문의 얼굴에 와서 박힌 양광의 눈이 붉게 타오르고 있었다. 굳은 의지가 어린 눈으로 우중문을 바라보던 양광의 손에 문득 힘이 들어갔다. 우중문 역시 힘주어 양광의 손을 굳게 잡았다. 그들은 그렇게 손을 잡은 채 한참 동안 서서 상대방의 눈을 쳐다보고만 있었다. 둘의 시선 사이로 깊은 교감이 오갔다. 먼저 입을 연 사람은 우중문이었다.

"무엇 때문이십니까?"

상념을 떨쳐버리려는 듯 양광이 고개를 가로저으며 말했다.

"나는 아버지와 형을 받아들이려고 노력했다. 아니, 노력이 아니라 내 의지의 전부를 쏟아부었다고 해도 과언이 아닐 것이다."

"잘 알고 있습니다."

"그러나…… 그게 대체 무슨 의미가 있는가? 나의 노력도 이제는 끝이 난 듯하다. 아, 나는 대체 무엇을 위해 나의 모든 것을 바쳐 그들을 받아들이려 했단 말이냐. 무엇을 위해? 과연 내 스스로의 의지가 맞긴 맞는 것이냐?"

"……"

"이 땅에 수나라가 사라지고 다른 나라가 일어선다면 백성은 수나라를 그리워하지 않을 것이다. 기억이란 오래 지나지 않아 잊혀지게 마련인 것. 사람은 이 커다란 운명에 그저 몸을 맡겨놓아야 하는 것 아닌가. 그렇지 않은가, 중문?"

"……."

"모르겠다, 중문. 그저 괴로울 뿐이다. 여태껏 잃어온 것들에 대한 후회만으로도 벅찬 나날들이다. 그래서 앞으로 생겨날 후회가 두렵다. 이제는 지키고 싶다. 그 무엇도 잃고 싶지 않다. 태자가 황위에 등극하면 나뿐 아니라 아버님, 너희들, 대신들, 그리고 백성들을 잃게 될 것이야. 나는 그러한 날이 오는 것이 두렵다. 그리고 그 모든 것들에 대한 후회……."

"장군! 마음에서 우러나오는 뜻을 따르시는 게 마땅합니다. 그것이 정이든 도리이든, 분노이든, 동정이든 상관없습니다. 하지만 남의 뜻에 따르지 않기 위해서는 남보다 높이 서야 합니다."

양광이 붙잡고 있던 우중문의 손을 놓았다. 그리고 이제까지보다도 더 강렬한 의지가 담긴 눈빛으로 우중문을 바라보았다.

"다시는 후회하고 싶지 않다. 중문, 나, 황제가 되고 싶다……."

중문은 양광의 애원 속에서 인간의 진실을 볼 수 있었다. 양광은 처음으로 자신에게 모든 것을 내보인 것이었다. 중문은 양광의 이 말이 앞으로 어떤 일들을 불러올지 잘 알고 있었다. 중문은 두 손을 내밀어 양광의 차가운 손을 잡았다.

"장군…… 황제가 되십시오."

말없이 서 있는 두 사람을 비추기 위함인 듯, 문득 먹구름에 가려 있던 달이 조그만 구멍 사이로 고개를 내밀었다. 흐르는 구름이 금방이라도 달빛을 덮어버릴 것처럼 몰려왔지만 달은 진한 구름에 가려서도 희미하게나마 두 사람에게 빛을 보냈다. 한참을 그렇게 달빛 아래 서 있던 두 사람은 어둠이 스러져갈 즈음에야 말없이 돌아섰고, 달도 이내 지친 듯 한숨을 남기고 고개를 돌려 구름 속으로 몸을 감추었다.

"그러련다. 나는 반드시 천하의 황제가 되련다."

"되셔야만 합니다."

"실패하더라도 나를 원망하지 마라."

"……."

"중문."

"듣고 있습니다."

"왜 대답이 없는가?"

"장군, 이것 하나만 약속해주십시오."

"뭐냐?"

"저의 목숨을 받아주십시오."

양광은 한참 동안 말이 없다가 달이 구름 밖으로 다시 모습을 나타낼 즈음, 중문의 손을 감싸쥐었다.

"고맙다."

다음 날, 공부대신 유사룡은 불현듯 찾아온 양광을 보자 입
가에 웃음을 띠며 정중하게 맞았다.

"마침 때가 되었으니 소찬이라도 좀 드시지요."

"그럽시다."

식사를 마친 두 사람은 저택 근처에 있는 숲을 잠시 거닐다
가 찻잔을 앞에 두고 마주 앉았다.

"유 대신이 생각하기에 일국의 황제는 부드러워야 하오, 엄
해야 하오? 아니면 그 중간이 좋겠소?"

"딱히 정해져 있는 바는 아니지만 국가가 혼란스러울 때에
는 부드러워야 하며 안정되어 있을 때는 엄해야 합니다. 중
용은 좋지 않습니다."

"그 반대가 아니오? 혼란기의 황제가 지나치게 부드러우면
잡아먹히기 십상이고, 안정기의 황제가 엄하면 민생이 불행
하여 국력이 약해지지 않겠소?"

양광은 유사룡의 말이 재미있다는 듯 그를 훑어보며 물었다.

"작게 보면 그렇습니다. 허나 반대로, 혼란기의 황제가 엄
하면 민란과 분파를 가져오게 되며 타국에 위협이 되어 좋지
않습니다. 게다가 엄한 황제라 하시면 법치의 성격을 띠게

될진대, 혼란기의 법이란 경위와 때를 맞추기가 어려워 차라리 순리를 따르는 것만 못합니다. 같은 맥락에서, 안정기의 황제가 부드러우면 여러 중신들이 힘을 갖게 되고, 지방의 귀족들이 어쭙잖은 야망을 품게 됩니다. 국가가 안정스러울 때에는 여러 가지 국가적인 사업을 벌이는 것과 때가 맞습니다. 한데 이에 무른 성격을 지닌 황제가 사업을 한다면 시일은 오래 걸리게 되어 단시간에 많은 힘을 소비하는 것만 못하며 소심한 지출을 여러 번에 나뉘어 하게 되어 과감한 지출을 단번에 하느니만 못합니다. 강함 속에 부드러움을 감추거나, 부드러움 속에 강함을 감추는 일 역시 일국의 황제에게는 어울리지 않는 일이 될 것입니다. 대신과 백성에게 있어 이러한 중용의 길은 미덕일 수 있으나 만일 황제가 이러한 중용을 띠게 되면 조정은 혼란스럽고 나라는 갈피를 잡지 못하여 결코 외곬을 띠느니만 못합니다."

유사룡의 말은 일리가 있었으나 양광은 쉽게 인정할 수 없었다.

"유 대신은 여러모로 멀리 내다본 듯하오. 그러나 가까운 과거의 위 무제를 보면 결코 안정기라 할 수 없었던 때에 강함을 내세워 부드러움을 제압하였소. 게다가 그에 맞섰던, 요순 이래 최고의 천재라 불리는 제갈무후 역시 군주에게 법치주의를 극력 주장하였는데 이에 관해서는 어찌 생각하시오."

"진왕 전하는 저를 놀리시려는 듯합니다."

"하하, 내가 어찌 대신을 놀리겠소. 진정 궁금하여 그러니 대답해주시오."

"벗어나는 이야기가 되겠지만 정 그러하시다면 말씀드리겠습니다. 위 무제는 엄한 군주라기보다는 앞서 말씀하신 중용의 성격을 띤 군주라고 할 수 있겠습니다. 그는 비록 엄격한 체제를 내세웠지만 신하들에게 파격적인 대우를 하였으며 기본적으로 백성을 사랑하는 군주였기 때문입니다. 허나 그가 세운 위국은 결국 사마의에 의하여 전복됩니다. 물론 그의 사후에 생긴 일이지만, 사마의 같은 자가 생겨난 이유는 그가 신하들에게 너그러운 태도를 유지하였기 때문이라고 봅니다. 그가 전적으로 부드러운 자였다면 사마의에게 충심을 갖도록 할 수 있었을 테고, 전적으로 엄한 자였다면 사마의가 감히 그러한 뜻을 품지 못하도록 하였을 겁니다. 제갈무후의 경우는 군주에게 법치를 주장한 것이 아니라, 자신이 직접 나서서 법 자체가 되려 하였습니다. 때와 경위를 맞추지 못하는 고정법이 아니라, 자기 스스로 법이 되어 나라를 관리하려 했던 것이지요. 만일 제갈무후가 섬겼던 것이 현명한 황제였다면, 그는 그렇게 고생하지 않아도 되었을 겁니다."

긴 이야기를 서둘러 토해낸 유사룡은 양광의 눈을 올려다보았다. 양광은 눈을 감고 묵묵히 생각에 잠겨 있었다. 그를 잔잔히 바라보던 유사룡의 마음속 한 켠에 검은 의혹이 일었다. 이자는 왜 자신에게 황제에 관한 이야기를 묻는 것일까. 그러나 의혹은 이내 사라졌다. 부황 양견을 그토록 끔찍이 생각하는 양광이, 그의 뜻을 어기고 태자 양용을 어찌하리라는 생각은 결코 들지 않았던 것이다. 그렇다면 이자는 지금 무슨 생각을 하고 있는 것일까. 양광이 이내 입을 열었다.

"그렇구려. 유 대신의 이야기는 잘 들었소. 폐하가 그러한 현군이 되실 수 있도록 곁에서 잘 보필해주길 바라오."

양광은 자리에서 일어났다. 유사룡은 오랜만에 들른 그를 붙잡고 싶었지만 중신의 집에서 오랜 시간을 보낼 수 없는 그의 사정을 뻔히 알고 있기에 더 있다 가라는 말은 차마 하기가 힘들었다. 가련한 황자. 황제가 될 재목이 분명하건만. 유사룡은 치미는 가슴을 붙잡고 의례적인 인사를 했을 뿐이었다.

둘은 일어서서 대문까지 말없이 걸었다. 유사룡의 저택은 대단히 커서 대문까지 걷는 데에도 시간이 걸렸다. 어색한 걸음이 끝날 무렵, 유사룡이 좌우의 시비를 물리더니 양광에게 말했다.

"살펴 가십시오. 더 모셔다 드리고 싶지만 사람들이 별나게 볼까 두렵습니다."

양광이 문득 유사룡의 눈을 쳐다보았다. 유사룡은 이러한 양광이 별스럽게 여겨졌다. 정 때문에 그대로 헤어지지 못하고 저리 행동하는 것은 아닌 게 분명했다. 젊은 혈기에 어울리지 않는 과묵함과 시간이 지나도 여전히 알 수 없는 성격. 유사룡의 가슴속에는 좀 전의 의혹이 다시 일어나기 시작했다.

"유 대신, 하나만 더 묻고 싶소. 지금 수(隋)는 혼란기요, 안정기요?"

나직하고 무게 있는 음성이었다. 유사룡의 가슴이 두방망이질 치기 시작했다. 자신의 의혹이 점점 확신에 가까운 것을 느끼고 유사룡은 불안했다. 자신은 젊다. 게다가 황제를 비롯해 여러 중신들은 자신에게 큰 기대를 갖고 있다. 이토록 유망한 자신이, 지금 이 불운한 황자 앞에서 어떠한 태도를 취해야 할 것인가. 이자는 이야기를 아까워하고 있다. 의심이 두려워 스스로 끊었던 이야기를 아까워하고 있다. 그렇다면 이자가 진심으로 아쉬워하는 것은 무엇일까. 황위! 유사룡의 의혹은 점점 확신으로 변해갔다. 이자는 황위를 원하고 있다…….

"안정기입니다. 허나 혼란을 띠고 있습니다."

유사룡은 이와 같이 의미심장한 말로 얼버무리고는 양광에게 등을 돌린 채 자신의 처소를 향해 뛰듯이 걸어갔다. 황위, 반역, 찬탈. 유사룡의 가슴은 답답함으로 터질 듯했다. 새로

불어오는 이 바람 앞에서 어찌 처신해야 할 것인가…….

이런저런 생각에 당황스러워하며 처소를 향해 급히 걸어가
던 유사룡의 등 뒤로 문득 커다란 목소리가 울렸다.

"사룡, 나는 역시 엄한 쪽이 좋은 것 같소."

"아!"

유사룡은 흡사 벼락이라도 맞은 듯 멈칫하였다. 양용은 무
능하다. 제국 초기인 지금은 혼란한 시대이다. 진과 억지로
합한 지도 얼마 되지 않았다. 작게는 돌궐과 거란이, 크게는
요동의 고구려가 혼란한 틈을 타 무슨 짓을 할지 알 수 없었
다. 양용은 결코 포용력이 없다. 그는 부드럽지 못하다. 비록
고구려를 친다고 나섰지만 그는 군사에 대해 아는 것이 너무
나 없다. 그리고 황제는 곧 사그라질 것이 분명하다. 아니, 확
실했다. 양광은 자신에게, 엄한 제(帝)가 되어 제국을 안정시
키겠다고 말하고 있음이 분명했다. 그는 걸음을 멈추었다.

서서히 뒤를 돌아보는 유사룡 앞에는 흡사 태양처럼 번쩍
이는 두 눈을 가진 양광이 그를 바라보고 있었다. 유사룡은
서서히 입을 열었다.

"그렇습니까……. 저 역시 그쪽이 좋은 듯합니다."

다가오는 전쟁

양광이 기거하는 곳에 한 여인이 찾아들었다. 여인을 보는 자들은 지위 고하를 막론하고 모두 고개를 깊이 숙이며 한 켠으로 비켜섰다. 여인은 곧 양광의 방문 앞에 섰다.

"숙부님!"

"가연이냐?"

여인은 가연이었다. 7년 전, 소년 무사로 변장하고 고구려 에 나타났던 여인.

"네."

"들어오너라."

가연이 방 안으로 들어가자 양광은 초췌한 얼굴에 웃음을 띠었다.

"어디 보자, 우리 가연이 이제는 천하제일 미인이 되었구나."

가연은 갑자기 눈물이 나올 뻔했다.

"저는 여인네가 아닌 걸요."

얼른 농담으로 돌리며 가까스로 눈물을 감추었지만 가연의 얼굴에 일렁이는 감정의 소용돌이까지 감출 순 없었다.

"불쌍한 것."

양광이 탄식과 더불어 팔을 뻗어 가연의 어깨를 감싸주자 그의 따뜻한 체온이 어깨를 통해 전해져 왔다. 가연은 기어이 눈물을 떨어뜨리고 말았다. 양광은 가연을 너무도 아껴주었으며 가연을 흔들리게 한 유일한 인물이었다. 언젠가 가연은 차라리 양광이 부친이었더라면 자신이 달라지지 않았을까 생각한 적도 있었다. 아버지 양용이 자신을 보는 눈길은 너무나 싸늘하고 경멸에 찬 것이었다. 양광 숙부가 아니었으면 자신은 부친에 의해 이미 죽음을 당했으리라는 생각도 여러 번 하였다. 양광은 가연을 애틋한 눈길로 바라보았다. 가연은 마음을 다잡았다.

"너의 무술이 또 한 번 일취월장했단 얘기를 들었다."

"무슨 말씀이셔요. 숙부님께 단련을 못 받은 지도 오래되었어요."

"하하, 무술은 스스로 높이는 것이다. 상대는 그리 중요치 않아."

"명심하겠어요."

"식사는 했느냐?"

"네."

"그럼 차나 한잔하자꾸나."

뜨거운 차를 다 마실 무렵 가연은 과거의 이야기를 꺼냈다.

"세상에는 고수가 많았어요. 말갈에 가서 얼마나 놀랐던
지……."

"허, 말갈에까지 갔었느냐?"

"네. 저는 숙부님의 무술이 제일인 줄 알았는데, 더 강한 자
가 있었어요."

"하하, 그래? 얼마나 더 세더냐?"

"제가 3합을 못 넘기고 무릎을 꿇었으니까요."

"그래?"

양광의 눈에 잠시 이채가 스쳤다.

"전광석화같이 빨라 어떻게 손을 써볼 틈도 없었어요."

"하하, 환보다 세더냐?"

"음, 그건 한번 생각해봐야겠어요."

"어쨌거나 그렇게 강한 자를 만난 건 너의 행운이구나. 한
번 놀러 오라고 하지 그랬느냐? 대수(大隋)의 공주가 초청하
는데 안 올 리가 있겠느냐?"

"왜요? 숙부님이 한번 겨루게요?"

"글쎄, 우리 조카님의 복수를 한번 해주고 싶기도 하고."

"보고 싶어요."

"그러다가 나도 지면 어떡하지?"

"그럴 리가요?"

"아까 네가 그자는 나보다 강하다고 하지 않았느냐?"

"그거야 삼촌이 저에게는 실수를 안 써서 그런 것이지……, 삼촌이 진짜 검을 쓰면 저는 1합도 못 견딘다는 거 알아요."

"하하하하!"

양광은 가연을 아끼고 귀여워했다. 양견과 양용이 저지른 몹쓸 짓의 결과로 태어난 생명이건만 그들은 이 생명을 귀찮게 여겼다. 그런 점에서 가연의 운명은 자신의 정인이었던 령과 똑같았다. 사고를 가장해 가연을 죽이려던 양용의 손길에서 몇 번이나 그 가엾은 목숨을 구해낸 것도 운명의 동질성 때문이었다.

"말갈은 발검법이 특이해 중원의 무인들도 까다롭다 하더구나."

"정말 그랬어요. 한번 오라고 해도 되겠어요?"

"그럼. 잘 대접해서 보내주마. 네 얼굴이 서도록 말이다."

"고마워요, 삼촌."

"허허, 그런데 부친께는 인사를 드렸느냐?"

가연은 잠자코 고개를 가로저었다.

"그래도 네 아버진데……."

"……"

가연은 아무 대답도 하지 않았다.

"가엾은 것."

양광도 더 이상 말이 없었다. 아버지가 자신을 몇 번씩이나 죽이려 했다는 걸 가연이 알까 봐 두려운 생각도 들었지만, 귀여운 조카 가연을 비열한 양용과 가깝게 하고 싶은 생각이 없는 것도 사실이었다.

"9월이면 고구려 원정을 떠난다는데 걱정이 많구나."

가연의 귀가 파르르 떨렸다.

"관심없어요."

"그렇겠지."

"하지만 숙부, 아버지가 전쟁에서 이기고 돌아오면 숙부를 멸시하려 들까 걱정이에요."

"허허허, 네가 그런 것까지 생각하느냐?"

"저는 숙부가 걱정돼요. 제 솔직한 마음은 차라리 아버지가 지고 왔으면 좋겠어요."

"무어라? 말조심해야지, 잘못하다간 큰일 내겠구나."

"뭐 어때요? 여긴 숙부님 댁인데. 폐하께서 군사를 조금만 내주셨으면 좋겠어요. 이기지 못하도록 말이에요."

"그런 일은 일어나지 않는다. 30만 대군이 출정하는데 못 이길 리 있느냐?"

"30만이나요?"

"그래. 30만."

이 순간에도 양광은 밀려드는 서러움을 어쩔 수 없이 느끼고 있었다. 자신은 진을 정벌한 영웅이었다. 그러나 30만 원정군의 원수는 양용이 되지 않았는가. 양용은 전장에서 돌아오는 그길로 영웅이 될 것이었다.

"왜 삼촌이 안 가는 거지요? 삼촌이야말로 전장의 영웅이 잖아요?"

"그게······."

양광의 가슴속에서 뭔가 뜨거운 게 훅 치밀었다. 어째서 황제는 왕세적과 양양, 거기다 총감독으로 양용을 보내는지 알수 없었다. 그날의 어전 회의를 곰곰 생각하던 양광의 뇌리에 한 사람이 떠올랐다.

유사룡.

그는 어째서 양용을 총감독관으로 데려가라고 한 것일까? 사전에 황제와 무슨 얘기가 있었던 건 아닐까? 아니면 불시에 그런 생각을 떠올렸을까? 혹시 그는 황제와 어떤 계략을 꾸미고 있는 건가? 아니면 양용과? 자신이 그에게 황제가 되고 싶다는 의지의 일단을 내보인 것은 경솔한 짓이었을까?

양광의 생각은 천 갈래 만 갈래로 찢어지고 있었다.

다음 날, 가연은 은밀히 누군가를 만나고 있었다.

"문덕님께도 안부 전해줘요."

"그분은 늘 가연을 염려하고 있습니다."

가연의 얼굴에 홍조가 어렸다.

"어머니의 원수를 갚는 일인데요, 뭘."

가연은 굳게 봉한 문서를 사내에게 전하고는 아쉬운 듯 머뭇거리다 발걸음을 돌렸다.

"조심해요."

사내는 한참이나 가연의 뒷모습을 바라보다 짧게 한숨을 내쉬고는 동쪽을 향해 빠른 발걸음을 옮기기 시작했다.

그로부터 열흘 후의 평양.

"들어오시오."

사내를 맞는 문덕의 표정에는 반가움이 어렸다.

"혹여라도 가연이 위험에 처하지는 않았소?"

"네. 그러해 보이지는 않았사옵니다. 양광이 두텁게 보호한다 하였습니다."

"참으로 기구한 인연이로구나."

문덕은 가볍게 탄식한 후 사내가 내민 봉서를 뜯었다.

"예쁜 글씨체군."

문덕은 다시 한 번 가연의 모습을 떠올리며 봉서를 읽어나갔다.

"음."

봉서를 다시 접어 품속에 넣는 문덕의 입가에서 절로 신음이 새어 나왔다. 문덕은 잠시 눈을 감았다 뜨더니 사내에게 낮은 목소리로 지시했다.

"돌아가시오. 이제부터 모든 연락이 급박하게 이루어져야 할 것이오."

"알겠습니다."

사내는 깊이 고개를 숙이고 나서 곧바로 길을 떠났다. 오랜만에 돌아온 고국에서 푸짐하게 한 상 먹고 싶은 마음이 굴뚝같았지만 문덕의 태도로 보아 늘어질 수 있는 상황이 아니란 생각이 들었던 것이다.

사내가 떠나고 난 후 문덕은 밖으로 나왔다. 초봄이었지만 아직 쌀쌀한 밤이었다.

"후아!"

아직도 차갑게 느껴지는 별을 바라보며 깊이 숨을 들이쉰 문덕은 방금 본 봉서의 내용을 곰곰이 생각했다.

"왕세적, 양양, 그리고 태자 양용이라……."

어딘가 맞지 않는 구성이라는 느낌이 들었다. 어째서 양광이 오지 않는지 알 수 없었다. 양용의 자리에는 의당 양광이 들어가야 할 것이었다.

"이 원정군의 구성에는 뭔가 허점이 있지 않은가?"

문덕은 생각을 집중했다. 어째서 원정대의 지휘부 구성이 이렇게 되었는지를 간파하는 것이 무엇보다 중요했다. 어쩌면 이 뜻밖의 구성에서 적의 약점을 찾아낼 수도 있겠다는 생각이 들었다. 한참의 시간이 지난 후 문덕의 입에서 나직한 음성이 흘러나왔다.

"그런 건가……."

문덕은 생각에 깊이 빠져 혼잣말을 했다가는 스스로 고개를 끄덕이기를 몇 번이나 반복했다.

'그렇다면?'

문덕의 생각이 꼬리에 꼬리를 물고 이어지는 모양이었다. 별이 스러질 무렵이 되어서야 문덕은 자리에서 일어나 걸음을 옮기기 시작했다. 그의 발걸음은 건무의 처소로 향하고 있었다.

건무는 아침 일찍 집으로 찾아온 문덕을 보자 놀라는 표정이었다.

"이른 아침부터 무슨 일인가? 같이 조반이나 하세."

그러나 문덕은 말없이 고개를 가로저었다.

"오늘 나와 같이 조정에 들어가세."

"그러겠나? 그런데 무슨 일로?"

"조정에서 말하겠네."

건무는 문덕의 표정에서 심상치 않은 기색을 읽었다. 표정도 표정이지만 이렇게 일찍 자신을 찾아온 것만 봐도 문덕이 급박한 일로 인해 몹시 서두르고 있다는 사실을 알아차릴 수 있었다. 문덕의 흉중이 궁금했지만 조정에서 입을 열겠다는 데에야 건무도 어쩔 도리가 없었다.

건무는 말을 한 필 더 내오도록 하여 문덕과 함께 궁으로 향했다.

"조례가 끝날 때까지 기다리게."

건무는 문덕을 기다리게 하고는 혼자 어전으로 나아갔다. 이윽고 조례가 끝나고 왕이 자리에서 일어나기 전에 건무가 고했다.

"전하, 을지문덕이 전하를 알현하고자 하옵니다."

"을지문덕?"

왕의 얼굴에 반가운 기색이 떠올랐다.

"그렇사옵니다."

"호, 그동안 무엇을 하였길래 이다지도 오랜만인고. 한데 이렇게 일찍?"

총명한 왕은 반가운 중에도 뜻밖이라는 생각이 들었다. 조정의 신하가 아니라면 누구라도 아침 조례에 맞춰 오는 일이 없었다. 건무 또한 모르는 바 아닐 텐데, 이 시간에 사람을 데리고 온 걸 보면 보통 일이 아닌 듯싶었다.

"들라 하라!"

영양왕이 허락을 내리자 자연스레 신하들도 제자리에 서서 을지문덕을 기다리는 꼴이 되었다. 곧 대전에 들어선 문덕은 신하들 사이를 천천히 걸어 들어가 왕 앞에 무릎을 꿇었다.

문덕의 입조(立朝)

"소신 을지문덕, 대왕을 뵈옵니다."

청명한 목소리가 문덕의 목 깊숙한 곳에서 울려 나왔다.

"오오, 반갑소. 을지 영웅에 대해서는 내 예로부터 잊지 않고 있던 바요."

"황송하옵니다."

문덕은 예의를 갖추면서도 당당한 모습으로 절을 하고 나서는 허리를 꼿꼿이 세우고 섰다. 왕을 비롯한 문무백관들은 문덕이 비록 겸손하고 점잖지만 첫눈에도 예사 사람이 아니란 걸 알 수 있었기에 그의 입에서 무슨 말이 나올지 궁금해했다.

"폐하! 바야흐로 수(隋)가 30만 대군을 동원하여 우리를 침하려 하나이다."

문덕의 청천벽력 같은 얘기에 왕은 말할 것도 없고 신하들도 모두 놀라 웅성거렸다.

"무슨 소리요?"

대대로의 질책하는 듯한 목소리가 신하들의 웅성거림을 잠재웠다.

"수는 금년 9월에 이 나라를 침하기로 결정하였습니다."

"어허! 당신은 그 말에 책임질 수 있소? 무슨 수를 썼기에 수(隋)의 사정을 그리 잘 안단 말이오?"

"자세한 사정은 얘기할 수 없습니다."

"자세한 사정은 얘기할 수 없다? 그러면 폐하께서 조정의 신하도 아닌 당신을 어찌 믿을 것이오?"

문덕은 흘낏 건무에게 눈길을 던지더니 나직한 목소리로 말했다.

"왕제 전하가 목숨을 걸면 되겠소이까?"

갑자기 튀어나온 무례하고 과격하기 이를 데 없는 그의 언사에 한순간 장내에 소란이 일며 사람들은 모두 태대사자이자 왕제인 건무의 얼굴에 눈길을 꽂았다. 대체 건무가 어떻게 나올지 궁금하지 않을 수 없었던 것이다.

"쾌히 걸겠습니다."

건무는 조금도 망설임 없는 목소리로 대답했다.

다시 한 번 장내에 소란이 일었다.

"좋소. 당신이 왕제 전하와 어떤 관계에 있는지 모르지만 일단 입 밖으로 내뱉은 말이니 반드시 지키시오. 내 오늘 기별을 띄워 저들의 사정을 알아보겠소. 저들이 우리를 침하려는 기운이 없으면 그때 가서 어찌하는지 보겠소."

화가 난 대대로의 목소리가 대전을 울렸다.

"저들이 침하려는 기운이 왕성하면 그땐 어찌하시렵니까?"

건무가 은근히 분기 어린 목소리로 대대로에게 물었다.

"그러면 그때 가서 대비하면 되지 않겠습니까. 9월이면 여유가 없는 것은 아니니."

"없소."

을지문덕의 차가운 목소리가 대대로의 말에 이어졌다.

"없다고? 왜 없다는 것이오?"

"원정군의 진용을 보면 이 원정이 어떤 이유로 어떻게 이루어졌는지 알 수 있을 것 같기에 하는 말이오."

"허어! 그건 또 무슨 소리요?"

"원정군은 대장군 왕세적과 왕자 양양을 주장으로 삼고 태자 양용이 전군 행군원수가 되어 있소."

"그게 뭐 어떻다는 말이오? 거기서 무엇을 알 수 있단 것인지 말을 해보시오."

"양양 왕자와 왕세적 대장군이 원정군을 지휘하는 것은 특이한 일이 아니나, 양용 태자가 이들을 감독한다는 점이 이

채롭소."

"글쎄, 뭐가 그리 이채로운지 나는 모르겠소."

"양용은 그런 대원정군을 이끌 만한 인물이 되지도 않거니와 무엇보다 전장에 나가기 싫어하는 사람이오. 그런 사람이 원정군의 감독관이 되어 고구려로 쳐들어온다는 것이 이상하지 않소? 원정군의 성격 자체가 이상하다는 생각이 들지 않느냔 말이오. 원정군의 성격을 파악해야 싸워도 이길 수 있지 않겠소."

신하들 사이에서 잠시 놀라는 소리가 들렸다. 문덕은 적의 사정을 너무도 상세히 알고 있었다.

"원정군의 성격이 대체 뭐란 말이오?"

신하들의 술렁거림에 더욱 신경 쓰였는지 대대로의 가파른 추궁이 곧바로 이어졌다.

"이번 원정군은 양견이 기분에 따라 급조해 만든 것과 동시에 태자 양용을 시험하는 일종의 관문 같은 거라 볼 수 있소. 양견은 나이가 들어감에 따라 감정이 메말라 화를 잘 내고, 양용은 인물이 작아 하늘과 땅의 이치를 모르고 눈앞에 보이는 공을 서두르는 자이니 차분함보다는 조급함이 원정의 결정에서부터 출군에 이르기까지 뒤덮여 있소. 따라서 우리는 그 허를 찔러야 할 거요."

문덕의 조리정연한 말에 대대로는 기세가 한풀 꺾였다. 이때 신하 중에 누군가가 앞으로 나섰다. 바야흐로 장군의 자리에 오른 강이식이었다.

"을지 공, 비록 상대가 조급하다 하더라도 군사의 수가 30만이나 되면 이 강토는 그 기세만으로도 뒤덮이고 말 것입니다. 게다가 우리는 30만을 맞아 싸울 준비가 전혀 안 되어 있으니 어찌해야 하겠습니까?"

"허를 찔러야지요."

"허를 찌른다? 을지 공의 말대로라면, 비록 양견의 분노로 원정이 결정되었고 양용이라는 무능한 자가 동행하고 있다고는 하지만 상대는 수의 정예 30만이오. 저들에게 허가 있다 해도 그 허를 무슨 수로 찌른단 말이오?"

대대로가 다시 비아냥거리며 다그쳤다. 문덕은 왕을 비롯해 중신들의 얼굴을 주욱 살폈다. 모두가 긴장한 표정으로 자신을 바라보고 있었다.

"급한 사람의 허는 그 급함이며, 느긋한 사람의 허는 바로 그 느긋함이오."

문덕은 선문답 같은 말을 한마디 던지고는 말문을 닫아버렸다. 좌중에 잠시 침묵이 흘렀다. 모두가 문덕의 말이 무슨 뜻인지 내심 곰곰이 생각해보았으나 떠오르는 것이 별로 없었다.

"당신은 농을 일삼지 말고 생각이 있다면 그게 무언지 확실히 말하시오!"

대대로의 일갈이었다. 그러나 문덕은 입을 꽉 다문 채 중신들의 얼굴에만 눈길을 두고 있었다.

"급한 사람의 허는 급함이라, 그렇다면 공은 상대를 더 급하게 만들자는 뜻입니까?"

다시 강이식이었다. 지난 일곱 해 동안 기개와 용맹을 두루 갖춘 인물로 중신과 군사들 사이에 신망이 두터워질 대로 두터워진 그였다.

"그렇소."

문덕은 짤막하게 대답했다.

"설령 그렇다 하더라도 어떻게 적의 조급함을 추궁해야 할지 생각이 나질 않소. 지혜를 내려주시기 바라오."

강이식이 문덕에게 겸손히 청했다.

"장군의 말대로 30만이라는 대군은 그 자체의 힘이 있어 일단 출병하면 맞아 싸우기가 여간 힘들지 않을 것이오. 양용이 감독관이라 하나 지휘권은 대장군 왕세적과 용맹한 왕자 양양에게 있을 것이며 그들은 누가 뭐래도 강군이오. 따라서 지금은 양견의 마른 장작 같은 화급함에 불을 놓는 것이 최선책이오."

"……."

건무를 비롯한 중신들은 문덕이 무슨 말을 하는지 여전히 이해하지 못했다. 이번에는 왕이 한마디 하지 않을 수 없었다.

"공은 시원하게 대답해주시오. 이제껏 이야기를 들었어도 나처럼 머리가 닿지 않는 사람은 무슨 말인지 알 수가 없소."

그때 대대로가 다시 문덕을 몰아세웠다.

"어찌 대왕 전하의 심기를 어지럽히는 거요? 어서 속시원히 고하지 못하겠소?"

문덕은 왕에게 약간 고개를 숙인 다음 차분한 목소리로 말을 이어갔다.

"양견이 군사를 일으킨 이유는 크게 세 가지가 있습니다."

"세 가지라? 그게 무엇이오."

"수는 과거 시황제가 진을 통일하고 고조가 한을 통일한 후 세 번째로 천하를 통일했사옵니다. 그러니 양견의 자부심은 하늘을 찌를 듯하옵니다. 양견은 천하를 통일한 여세를 몰아 변방의 돌궐과 말갈, 남으로는 만(蠻)을 호령했사옵니다만 우리 고구려가 조공을 거부하고 대등한 위치를 고수하자 화가 머리끝까지 나 있다 합니다. 그는 이대로 가면 변방의 각국들이 고구려의 뒤를 따라 수에게 복속을 거부할까 염려하고 있습니다."

"알겠소. 그러니 고구려를 쳐서 복속시키면 모든 변방의 나라들을 복속시키는 것과 같다는 얘기 아니겠소?"

대왕은 문덕의 얘기를 듣고 바로 양견의 분노와 염려, 그리고 계산을 이해할 수 있었다.

"그러하옵니다."

"두 번째 이유는 무엇이오?"

"양견은 군사를 정리하고 싶어합니다. 즉 그동안 천하를 통일하면서 흡수한 각국의 군사들을 정리해 자신에게 위험하다고 생각되는 자들은 전쟁을 통해 정리하고 싶어합니다."

"그렇겠지. 당연히 그러하겠지. 그러면 세 번째 이유는 무어요?"

"그것은 『시경』 한혁편에 나오는 한후라는 인물 때문입니다. 이것이 이번에 군사를 일으킨 가장 직접적인 이유입니다."

"한후?"

"그렇습니다."

이 생소한 말에는 왕뿐만 아니라 신하들도 어리둥절했다. 『시경』 때문에 군사를 일으킨다는 게 어디 말이나 될 법한가.

"괴이한 일이로군. 『시경』이라면 천하의 명저인데 어째서 양견이 그러한 『시경』의 한 편으로 군사를 일으킬 생각을 하게 되었단 말이오?"

"『시경』 한혁편이 양견의 자존심을 결정적으로 건드렸기 때문입니다."

"자초지종을 설명해주시오."

"『시경』의 한혁편에는 하·은·주의 정통을 이은 서주가 조선과 국경선을 협의했다는 구절이 있습니다. 이것은 우리 고구려의 모태인 조선이 이미 아득한 시절 중원과 대등한 위치에 있었다는 것을 말하는 것인바 양견은 이 구절에 몹시 분노하였습니다. 게다가 한후가 서주를 방문했을 때 서주에서는 왕의 질녀를 내주어 한후를 융숭히 대접했다는 구절도 있는바, 양견의 자존심이 여기에서 폭발하고 말았던 것입니다."

"호오! 그렇소? 그런 내용이 『시경』의 한혁편에 있단 말이오?"

"그렇습니다."

"우리 조상님들이 그토록 아득한 옛날에 중원과 어깨를 맞겨루었다는 말이오?"

"그렇습니다."

"허어!"

왕은 감격에 겨운 듯 탄성을 질렀다. 왕뿐만이 아니었다. 대대로를 제외한 대전 내의 모든 신하들, 심지어는 시위 군관들까지도 감격하는 표정이었다.

"나는 나라를 더 잘 다스려야만 하겠소. 우리의 조상님들을 본받아 중원과 당당히 어깨를 겨룰 수 있도록 부국강병에 힘써야만 하겠소."

왕이 힘찬 목소리로 결의를 내뱉었다. 그때 강이식 장군이 다시 물었다.

"을지 공의 말을 종합해보면 원정군의 특이한 성격이란 것이 첫째 양견의 분노에 의해 구성되었고 둘째 전장에 나가본 적이 없는 양용이 총감독을 맡고 있다는 얘긴데, 여기서 어떤 대처법이 나온다는 말입니까?"

한결 신중해졌건만 그 혈기는 아직 사라지지 않았는지, 그는 벌써부터 전투에 대해 생각하고 있었다.

"먼저 양용을 이용할 생각을 해야 하는데, 그는 공은 서두르고 전장은 겁을 내는 위인이니 대장군 왕세적이나 왕자 양양과는 맞지 않소. 전쟁이 시작되기 전에는 사이가 좋겠지만 일단 전쟁이 시작되면 그들은 신경이 날카로워져 반목하기 십상이오. 우리는 적정을 잘 살펴 그들 사이의 반목을 부추겨야 할 것이오."

강이식이 고개를 끄덕이다 이내 미간을 좁혔다. 문덕의 말은 쉽게 이해가 가는 듯도 하다가 막상 현실적으로 무엇을 할 것인가 생각해보면 막혀버리는 것이었다.

"무엇을 해야 한다는 말인지 이해하기 어려우니 자세히 좀 설명해주시겠소?"

강이식 장군은 구체적으로 묻고 들었다.

"가령 예를 들면 우리는 왕세적과 양양의 부대를 피해 양용의 막사만 공격하는 거요. 그러면 양용은 양양이 왕세적을 끌어들여 자신을 전장에서 죽게 만들고 미치광이 양광 대신 태자가 되려 한다고 생각할 것이오. 전장이란 사람으로 하여금 별의별 생각을 다 하게 만드는 법이니."

대전의 신하들은 모두 놀라지 않을 수 없었다. 문덕이 기인이라는 얘기는 익히 들어왔지만 이렇게나 치밀하게 세상을 보리라고는 생각하지 못했던 것이다.

"양견의 분노를 어찌하면 이용할 수 있겠소?"

이번에는 태대사자가 나서며 물었다.

"상대가 좋은 기운으로 일을 시작하면 그 기운을 흩뜨리는 것이 길이요, 나쁜 기운으로 시작하면 그 기운을 더욱 돋우는 것이 길인 법. 우리는 양견의 화를 더욱 돋움으로써 병법에 어긋나도록 유인해야 할 것이오."

태대사자 역시 강이식 장군처럼 막힐 수밖에 없었다. 원칙은 그러하지만 현실적으로 어떻게 해야 하는지 이해가 되지 않았다.

"구체적으로 말씀해주시지요."

"30만 군사가 9월에 침공해 오면 우리로서는 감당하기 어렵소."

"그러게 말입니다. 그러면 어떻게 해야 할지……?"

"시기를 조정해야 하오."

"시기라면……? 우리가 준비하는 시기 말입니까?"

"아니요. 아무리 준비해도 우리에겐 시간이 없소. 따라서 적이 침공하는 시기를 조정해야 하오."

"그렇다면 많은 선물을 들려 사신을 보내자는 말이오? 일단 달래놓고 시간을 벌어야 되지 않겠소?"

신하들 모두 고개를 끄덕였다. 일단 사신을 보내 양견을 달래고 그간 적을 맞아 싸울 준비를 해야 할 것이었다. 그러나 다음 순간, 사람들은 문덕의 입에서 나오는 이상한 답변에 놀라고 말았다.

"아니요. 그 반대요. 우리는 적의 침공을 앞당겨야 하오."

"뭣이?"

"사신 대신 군사를 보내는 거요. 그래서 양견의 화를 있는 대로 돋우어 침공을 앞당겨야 하오."

"허어! 요사스러운 변설로 조정의 심기를 흩뜨리는 자로다. 9월이라 하여도 준비할 겨를이 없어 혼비백산하는 마당인데 시간을 벌기는커녕 오히려 침공을 앞당긴다 하였느냐?"

대대로가 이치에 맞지 않는 문덕의 말에 당장 시비를 걸고 나섰다.

"그래야만 하오!"

을지문덕의 우렁찬 목소리가 대전을 울렸다.

"도대체 어째서 그래야 한다는 얘긴가?"

대대로는 바야흐로 문덕의 약점을 잡았다는 생각에 거칠게 파고들었다.

"그래야만 하오!"

문덕은 대대로의 추궁에 자세한 설명은 하지 않고 거듭 같은 말만 되풀이했다.

"대체 무슨 망발이란 말인가! 작금에 와서 수(隋)가 흉맹한 기세를 떨치는 것이 사실이라 하여도 그동안 미루어두었던 조공을 하고 그들을 잠시 섬기는 모양새를 보인다면, 거만한 양견이 당장은 군사를 일으키지 않을 것이며 우리는 시간을 벌게 될진대, 오히려 양견의 화를 돋우어 침공을 앞당겨야 한다? 그건 도대체 무슨 병법이란 말인가!"

이때 강이식의 흥분한 목소리가 터져나왔다.

"대대로! 대체 무슨 말을 하는 겁니까? 일전에 양견이 중원을 통일하였을 때 한마음으로 조공을 하지 않기로 하였던 고구려 조정의 기상을 잊은 것입니까! 죽으면 죽었지 결코 수에 고개를 숙일 수는 없습니다!"

대대로는 강이식의 일갈에 고개를 돌려 이번에는 왕을 향해 입을 열었다.

"신, 대왕께 한 말씀 올리오. 지금 저 을지문덕이라는 자가 이상한 말을 하지마는, 신, 대대로의 신분으로 한시도 헛되이 시간을 보낸 적이 없나이다. 하니 신의 말에 귀 기울여주소서. 수가 올가을에 고구려를 칠 수 없는 이유는 세 가지가 있는데, 그중 첫째는, 수 역시 인간의 도의를 아는지라, 지금 때가 선왕께서 승하하신 지 얼마 되지 않았음이요, 둘째는 저 양견의 건강이 심히 좋지 않음이오이다. 셋째는……."

이때 누군가가 대대로의 장황한 변설을 가로막았다.

"수는 올가을에 옵니다. 대대로께서는 책임지지 못할 장담은 삼가시오. 신이 아는 한, 을지문덕 공은 이제껏 한 번도 실언한 적이 없습니다."

왕제 건무였다. 분노로 터질 듯이 벌게진 대대로의 두 눈이 그를 노려보았으나 건무는 고개를 돌려 이를 흘리며 말을 이었다.

"조공이란 우리 고구려의 기상에 맞지도 않거니와 지금 조공을 한다고 해도 물러설 양견이 아닙니다. 아마도 조공을 바치면 먼저 군사의 자존심을 잃고 침공은 침공대로 당할 것입니다."

"어찌 그리 자신하십니까?"

"대대로께서는 양견을 보신 적이 있습니까?"

"……."

"그는 도의와는 담을 쌓은 인간입니다. 제가 볼 때, 대대로는 이미 전쟁이라는 국가의 거사를 치러내기에는 노쇠하고 판단력도 무디어진 것 같소이다."

좀처럼 화를 내지 않는 건무였기에 그 소리는 더욱 매섭게 들려왔다.

"도대체 어떤 근거로 그러한 말씀을 하시는 겁니까!"

두 사람의 충돌을 말리기 위해 영양왕이 나섰다.

"그런데 을지 공의 말을 우리는 이해하기가 어렵소. 우리가 듣기에는, 일견 대대로의 말이 맞는 것 같은데, 어째서 공은 수의 화를 돋우어 침공을 당기자는 거요?"

"전쟁을 치르는 데 있어 가장 중요한 것이 첫째는 천시요, 둘째는 지리요, 셋째가 인화라 했으니 적이 9월에 쳐들어옴은 천시를 얻는 것이 되오. 하늘은 높고 말이 살찌는 계절이라 적은 사기충천하여 벌판을 가로질러 올 테니 오로지 군사의 기세로만 막아야 하는데 이것이 어찌 좋을 리 있습니까?"

잠자코 듣고 있던 영양왕은 크게 고개를 끄덕였다.

"그렇군. 그런데 시기를 앞당긴다면……?"

"비는 하염없이 퍼붓고, 무거운 짐을 실은 마차는 질척거리는 진흙구덩이에서 헤어나지 못하고, 군사들 사이에선 전염병이 창궐하는 계절에 저들이 출병한다면 오히려 우리가 천시를 얻는 것이 아니겠습니까?"

영양왕은 다시 한 번 고개를 끄덕였다. 하지만 곧이어 고개를 갸우뚱하더니 재차 물었다.

"을지 공의 말대로 되면 얼마나 좋겠소만, 저들 역시 병법을 알 터, 어떻게 저들의 침공을 앞당길 수 있을지 모르겠소."

이번에는 을지문덕이 고개를 끄덕였다. 당연한 질문이라는 뜻이었다. 그는 좌중을 한번 둘러보고 나서 천천히 입을 열었다.

"그래서 마른 장작과 같은 양견의 마음에 불을 놓자는 것입니다. 우선, 분노로 활활 타오르는 그의 마음에 기름을 붓는 공작이 필요합니다."

"그것은 알겠는데 어떤 방법으로……?"

"생각해둔 바가 있기는 하지만 여기서는 말할 수 없나이다."

"……"

"또한 양용을 이용하는 방법도 있을 것입니다. 보는 것이 짧고 공을 서두르는 자이므로 그 역시 마음의 불을 질러버리면 우리의 뜻대로 움직이게 될 것임에 틀림없나이다."

영양왕은 고개를 끄덕였다. 문덕에게 계책이 있다 해도 만인이 있는 앞에서 말을 해서는 안 될 것이었다.

"자리를 옮겨 대화를 나누는 것이 어떻겠소?"

"예, 전하."

왕이 신하들을 향해 입을 열었다.

"조회를 파하도록 하되, 대대로와 태대사자, 태두형은 따로 자리를 하시오."

조용히 자리를 잡자 문덕은 천천히 입을 열었다.

"양용은 내가 세작을 놓아 조종하겠소. 작은 일에도 흥분을 잘하는 데다 태자위에 불안감도 갖고 있으니 별 어려움이 없을 것이오. 그러나 양견의 화를 돋우려면 작은 계략만으로는 부족하오."

왕 앞에 모인 대여섯 명의 신하들은 문덕의 한마디 한마디에 잔뜩 긴장했다. 이제껏 문덕처럼 통찰력 있는 사람을 본 적이 없었기 때문이었다. 문덕이라는 존재는 그들의 뇌리에 너무도 신비하고 신선하게 파고들었다.

"그러면 어떤 방책이 있소이까?"

"우리가 먼저 수를 침하는 거요."

"뭐라?"

좌중의 모든 사람이 경악하지 않을 수 없었다. 먼저 수를 건드려 침공을 당기자는 얘기가 아닌가. 문덕의 생각은 참으로 대담하여 쉽게 해석할 수 있는 것이 아니었다. 좌중에는 잠시 침묵이 흘렀다.

"꼭 그래야만 하는가?"

침묵을 깬 것은 왕이었다. 문덕은 고개를 끄덕였다.

"예, 전하."

"하긴, 어차피 쳐들어올 적이라면 그 순간을 늦추려고만 해서는 안 되겠지……."

태자 시절부터 보여온 왕의 기개가 새삼 엿보였다.

"양견의 화를 최대로 돋우려면 군사를 내되 두 가지 더 필요한 조건이 있습니다."

"무엇이오?"

"첫째는 대왕께서 직접 출병하시는 것이 좋습니다."

다시 한 번 좌중의 모든 사람이 놀랐다. 문덕이 아무리 기인이라지만 왕에게 직접 출병을 권하는 것은 아무래도 지나친 말이었다.

"내가 직접 출병을?"

왕도 놀랐다.

"그러하옵니다. 양견의 화를 가장 크게 돋우는 방법입니다."

"그건 어째서 그렇소?"

"양견은 천하를 통일하였지만 애석하게도 그사이 너무나 늙어버렸습니다. 그는 지금에야 비로소 부귀영화를 누리려 하지만 나이가 그를 붙잡고 있어, 눈만 뜨면 자신의 늙음을 한탄하며 지내고 있습니다. 즉, 그의 최대 약점은 나이입니다."

"호오!"

왕은 비로소 이해되는 듯했다.

"그에 반해 대왕께서는 젊습니다. 젊은 고구려의 왕이 직접 군사를 거느리고 수를 침공했다 하면 양견의 가슴은 터지고 말 것입니다. 아무도 그의 분노를 말릴 수 없을 터이지요."

"을지 공은 마치 양견을 손바닥 위에 놓고 보는 듯하구려."

왕뿐만이 아니었다. 좌중의 참석자들은 모두 신들린 듯한 문덕의 계략에 놀라 마지않았다.

"또 하나의 조건은 무엇이오?"

"이번 침공은 적을 유인하는 것에 불과합니다. 따라서 큰 전투는 피하고 적의 약만 올리도록 해야 합니다. 그러므로 대왕께서는 고구려의 정예군을 이끌고 가실 필요 없이 말갈의 기병을 거느리고 가심이 좋습니다."

"뭐라? 대왕께 정예병을 두고 말갈의 잡병을 거느리고 가시라?"

대대로가 다시 한 번 목소리를 높여 충성을 보였다. 왕이 손을 내저어 대대로를 막으며 조용히 물었다.

"그건 또 왜 그러한가?"

"역시 수로 하여금 최대한 당황하게 하는 것이옵니다. 수는 유독 우리 고구려만 조공을 하지 않고 맞서는 데 대해 괘씸한 생각과 더불어 잔뜩 불안감을 가지고 있습니다. 즉 다른 변방국들도 고구려를 닮지 않을까 우려하는 것입니다. 대왕께서 말갈의 군사를 이끌고 수를 침공하면 수의 이러한 불안에 불을 지르는 격이 됩니다. 그들은 시간이 좀 더 지나 많은 변방국들이 반수 진영에 가담하기 전에 고구려라는 싹을 잘라야 한다고 생각할 것입니다. 이 역시 수의 조급함을 불러일으키는 계략입니다."

"너무나 신통한 계략인지라 놀라지 않을 수 없구려. 허나 어떻게 말갈의 기병을 동원할 수 있단 말이오?"

"그 점은 염려 마십시오, 제가 이미 마련해두었습니다."

"진정 기인이로다. 하늘이 우리 고구려를 살리려고 이런 기인을 내려보내주셨다."

왕은 고개를 크게 끄덕이며 감탄했다. 대대로를 제외한 모든 사람들도 마찬가지였다. 하지만 대대로는 을지문덕이라는 생소한 사나이를 도저히 믿을 수 없었다. 모두들 이상한 사기꾼에게 말려들고 있다는 생각밖에 들지 않았다. 그는 고개를 숙인 채 한 발 앞으로 나섰다.

"전하! 지금 이자는 혹세무민하고 있나이다. 이자야말로 수가 보낸 첩자일지 모른다는 생각이 불현듯 드나이다."

"어째서 그렇소?"

"무엇보다 이자는 내력이 없사옵니다. 세간에서 말하는 대로 이자가 수의 침공에 대비해 무술대회를 마련하고, 오로지 스스로 수나라에 세작을 놓으며, 지금처럼 어전에 들어와 장황한 책략을 늘어놓으려면 무엇보다도 내력 있는 자라야만 합니다. 일개 초부나 건달이라면 그럴 수 없기 때문입니다. 저자의 내력이 의심스럽기만 합니다."

대대로의 말에 다른 이들도 잠시 주춤했다. 생각해보면 맞는 말이었다. 내력 없는 자가 이토록 전방위적인 대책을 마런하고 수의 침공을 막으려 애쓸 수는 없는 일이었다.

"음—."

왕의 입에서 신음이 새어 나왔다. 왕은 예전부터 건무에게 문덕의 사람됨을 들었는지라 어느 정도 믿음이 가지만 사실 그의 계략을 따라 친정(親征)하는 데에는 아무래도 무리가 있는 것이 사실이었다. 신하들 모두 문덕에게 시선을 돌렸지만 문덕은 아무 대답도 없었다.

"전하, 저것 보십시오. 이자는 내세울 만한 아무런 내력이 없사옵니다. 당장 저자를 잡아다 수의 세작이 아닌지 캐야 할 것입니다. 전하의 안위가 달려 있는 일이옵니다."

대대로는 기가 올랐다. 자신의 지적도 적절했지만 아무런 대답이 없는 문덕을 보자 의구심이 더욱 솟구쳤던 것이다.

그가 왕의 앞을 가로막으며 큰 목소리로 호위를 불렀다.

"여봐라! 어서 전하의 앞을 가로막으라! 저놈은 수의 세작, 아니 자객일지도 모른다. 어서 전하를 보호하라!"

호위들이 뛰어와 왕의 앞을 가로막으려 하자 누군가의 입에서 노한 음성이 터져나왔다. 왕제 건무였다.

"그만두라!"

건무가 대대로를 쏘아보며 말했다.

"어째서 당신은 사람을 그리도 못 알아본단 말이오?"

건무는 일갈한 후 호위에게 분부했다.

"여봐라, 조금 전 을지 공이 맡긴 검을 가지고 오너라!"

잠시 후 호위가 문덕의 검을 가지고 오자, 건무는 검을 받아 대대로에게 내밀었다.

"자, 이 검을 보시오!"

"검을 보라 하셨습니까? 이게 저자의 내력을 증명할 무슨 신표라도 된단 말인지요?"

건무는 무뚝뚝하지만 자신 있는 목소리로 대답했다.

"그렇소. 보시오."

대대로는 검을 이리저리 살폈으나 별 특이한 점을 발견하지 못했다. 하지만 검이 주는 묵직하고도 신비한 기운에 압도당해 기가 많이 꺾인 듯했다.

"음, 좋은 검이긴 하다만 이것이 무슨 신표인지는 알 수 없는걸……."

"혹시 대대로께서는 치우검에 대해 들어본 적이 있소?"

"치우검!"

대대로는 깜짝 놀랐다. 놀라기는 좌중의 다른 사람들도 마찬가지였다.

"오오, 치우검이라!"

"아, 그 전설의 검!"

"치우의 혼이 깃든 신표!"

건무가 검을 왕에게 바쳤다.

"전하, 이것이 바로 그 치우검이옵니다."

왕은 두 손으로 치우검을 받아들었다.

"전설인 줄로만 알았던 치우검이 과연 실재하는구나!"

왕은 감격스러운 표정으로 한참이나 치우검을 이리저리 살폈다.

"이 검의 주인이 을지 공이란 말이오?"

"그러하옵니다."

"아아, 참으로 고마운 일이로다. 하늘이 내려준 귀인이 찾아와주시지 않았는가!"

왕은 치우검을 문덕에게 건네며 결연한 목소리로 말했다.

"을지 공, 나는 가겠소. 말갈의 기병을 거느리고 수를 치러 가겠소! 치우검의 주인인 을지 공의 책략이라면 나는 하늘 끝 땅끝까지라도 가겠소!"

"황공하옵니다."

문덕은 고개를 깊이 숙였다. 보통의 왕이라면 참으로 받아들이기 어려운 계략이었다. 하지만 젊고 용감한 왕은 기꺼이 자신의 책략을 따라주고 있는 것이었다. 왕의 목소리에 뒤이어 또 하나의 목소리가 들려왔다. 대대로였다.

"신, 직을 내어놓고자 하옵니다."

"무슨 소리요?"

"신, 이제 깨달았사옵니다. 이번 전쟁을 치르는 데 있어 신은 한낱 방해만 될 뿐 도저히 을지 공의 기략을 따라가지 못한다는 것을 느꼈사옵니다. 따라서 이제 직을 내놓고 일개 평민으로 식량을 나르고 화살을 만들어 국태민안에 이바지하고자 하옵니다."

"그것은 안 될 말씀이옵니다."

뜻밖에도 문덕이었다. 건무는 얼마 전 문덕이 했던 말을 떠올렸다. 그는 대대로와 같은 나라의 큰 대신들을 섣불리 건드려서는 안 된다고 말했다.

"오늘 전하와 태대사자, 강이식 장군을 대하고 보니 한결같이 인품이 훌륭하고 사람을 신뢰하는 분들이라 기쁘기 그지없었습니다. 하지만 국사란 처음부터 끝까지 의심하고 불신하는 데서 이루어지기도 하는 법입니다. 만약 신이 자객이었다면 오로지 대대로에 의해 실패했을 것입니다. 신은 전쟁을 치르는 데 있어 대대로와 같은 인물이 중요하다는 사실을 사뭇 깨달았습니다. 그러니 그로 하여금 앞으로도 계속 직을 수행하도록 하시는 게 온당하옵니다."

왕은 잠시 생각한 뒤 말했다.

"대대로는 계속 직을 수행하도록 하시오. 이제 곧 전쟁인데, 갑작스러운 변화는 옳지 않소."

"망극하옵니다."

대대로는 왕의 분부가 떨어지자 사직 의사를 철회했다. 하지만 그는 조금 전 자신의 주장과는 너무도 다른 엄청난 제안을 했다.

"전하, 이번 전쟁을 지휘할 모든 권한을 을지 공에게 주어야 할 것으로 생각됩니다."

사람들은 모두 놀랐으나 왕은 바로 고개를 끄덕였다.

"나도 그렇게 생각하고 있소. 어떤 직위가 적당하겠소?"

"대왕을 제외한 모든 신하와 군사가 그의 말에 복종하도록 하는 직위가 필요할 것으로 사료되나이다."

영양왕은 고개를 끄덕이고 을지문덕을 향해 말했다.

"지금 이 순간부터 을지 공은 전수대장군의 직위를 수행토록 하시오. 나도 때에 따라서는 을지 공의 지휘에 따르겠소!"

사신 소적기

잔뜩 비라도 쏟아질 듯 어두운 하늘, 진한 회색 먹구름 밑으로 자그마한 원이 한 번 빙글 돌았다. 유유히 궤적을 남기는 커다란 새. 멀찍이서 바라보기에도 커다란 독수리 한 마리가, 사라진 궤적 위로 다시 한 번 원을 그리고는 이내 자취를 감추었다.

휘이이이—.

곧이어 적막을 깨는 맑은 휘파람 소리가 칙칙한 구름을 몰아내기라도 하듯 청명하게 울려 퍼졌다. 풀을 따라, 나무를 타고, 이내 허공으로 흘러 멀리멀리 퍼져 나갈 때까지 휘파람 소리는 그치지 않고 길게 울렸다.

끼이이—.

휘파람이 하늘에까지 이른 순간, 어디선가 이에 화답하듯 들려오는 자그마한 짐승의 울음소리와 함께, 자취를 감추었던 독수리가 맹렬한 기세로 땅을 향해 쏘아져 내려왔다.

독수리는 이내 한 사내의 머리 위를 빠르게 돈 후 그의 팔에 내려앉았다.

사내는 팔을 굽혀 독수리를 거두어들였다. 그리고 서둘러 어디론가 걸음을 옮겼다.

독수리를 어깨에 앉힌 채 사내는 한 남자 앞에 섰다. 눈을 감고 가부좌를 튼 무릎 위에 묵직한 검을 올려놓은 남자.

사내가 무심한 태도로 서서 그가 눈 뜨기만을 기다리고 있었다.

시간이 한참 흘러 사내의 얼굴에 제법 지루한 기색이 보이고서야, 가부좌를 한 남자의 감은 눈이 천천히 뜨였다.

"아야진 족장님!"

사내는 독수리의 발에 묶인 쪽지를 풀어 아야진에게 내밀었다.

"드디어……."

한마디를 내뱉은 후 아야진은 쪽지를 손에 쥔 채 다시 눈을 감고 명상에 빠져들었다. 고요한 얼굴에 이따금 어리는 고뇌의 빛은 그가 제법 동요하고 있음을 말해주었다.

"말갈이 움직일 시간이 온 건가?"

아야진의 기억 속에 한 인물이 떠올랐다. 자신으로 하여금 아버지를 살해하도록 강요하던 미치광이. 그날 이후 한 번도

잊어본 적이 없는 사나이였다.

"양광!"

아야진은 외마디 소리로 모든 감정의 표출을 자제했다.

'이제는 내가 자제해야 한다. 모든 감정을 죽이고 과거의 원한을 잊고 차가운 심장으로 출병한다. 원한을 잊지 못하면 오히려 적의 제물이 되고 마는 법. 이기려면 무심, 무욕의 평정으로 나를 이끌어야 한다. 그래야만, 말갈은 종족을 보전할 수 있다.'

한참 동안이나 마음을 가라앉힌 아야진은 자리에서 일어났다. 언제 모였는지 수많은 전사들이 아야진의 얼굴에서 눈을 떼지 않은 채 조용히 자신들의 새로운 족장을 지켜보고 있었다.

"위대한 말갈의 전사들이여!"

아야진의 우렁찬 음성이 초원을 가로질러 퍼져 나갔다.

"이제 드디어 때가 왔도다!"

전사들이 흥분한 기색을 보이기 시작했다.

"비명에 가신 족장님이 훈도리사의 언덕 위에서 우리를 보고 계시다!"

"우우―."

"우리가 그날 죽지 않았던 것은 바로 오늘을 준비하려고 했기 때문이 아니겠는가!"

"우우우一."

"가라! 전사들아! 이제 우리 백산말갈 모든 전사들의 손에 말채찍을 쥐여주어라! 이틀 후 우리는 출병한다. 드디어 원수를 정벌하러 나서는 것이다!"

아야진이 말을 마치자마자 말갈에서 자란 야생마의 거센 말발굽 소리가 사방으로 퍼져 나갔다.

한편 고구려.

봄바람이 제법 따뜻한 기운을 실어 오는 밤에 왕은 건무, 대대로와 더불어 술잔을 나누고 있었다.

"을지 공과 강이식 장군이 들어왔사옵니다."

문덕이라는 이름이 귀에 들어오자 왕은 금세 희색을 띠었다.

"모셔라."

잠시 후 문덕과 강이식이 들어와 왕에게 고개를 숙였다.

"어서 오시오. 밤은 깊어가고 마음은 심란해 공들을 불렀소. 여기 건무도 있으니 같이 한잔합시다."

"황공하옵니다."

강이식은 왕과 사사로운 자리를 같이하는 것이 처음이라 감격한 듯했다. 반면에 문덕은 왕이 출병을 앞두고 마음이 약해지지 않았을까 경계하는 눈빛이었다.

"한잔 받으시오."

왕이 직접 손을 뻗어 주전자를 들고 문덕과 강이식의 잔에 가득 따랐다. 다섯 사람은 잔을 마주치고 나서 단숨에 술을 들이켰다.

"을지 공."

먼저 말을 꺼낸 사람은 대대로였다.

"예."

"말갈 기병 1만이 대왕을 보호할 수 있겠소?"

"……."

문덕은 즉시 대답하지 않았다.

"나는 그것이 걱정이오."

문덕이 즉답하지 않자 대대로의 얼굴에는 은근히 불안한 기색이 어렸다.

"보호는 무슨? 오히려 내가 그들을 보호해야 하지 않겠는가? 고구려를 믿고 목숨을 걸어준 그들을 보호해야 할 책임은 바로 고구려의 왕이자 지휘자인 나에게 있는 것. 쓸데없는 걱정은 거둬들이게."

왕이 호탕한 목소리로 대대로를 제지하고는 다시 술을 따랐다.

"자, 듭시다."

다시 한 순배가 돌고 나서야 문덕이 입을 열었다.

"대왕의 기상에 감동할 뿐입니다. 우리 고구려는 영락 호태왕을 비롯한 역대의 군주들이 이렇듯 강맹하고 지혜로워 강역을 보전하고 중원과 마주 대하면서 조금도 위축됨 없이 역사를 이어왔나이다. 이제 대왕의 기상을 대하니 더없이 감동할 따름이옵니다."

"모두 을지 공의 용맹과 지혜에 힘입은 것이오. 감동은 오히려 내가 느끼고 있소. 왜 진작 을지 공을 모시지 못했나 한탄스러울 뿐이오."

"부끄러울 따름입니다."

말없이 왕과 문덕을 바라보고 있던 대대로가 다시 입을 열었다.

"을지 공, 나는 여전히 불안감을 떨칠 수 없소."

문덕이 고개를 끄덕였다. 그의 심정을 이해한다는 뜻이었다.

"우리 고구려의 정예병 1만이 가도 불안한데 어찌 말갈의 오합지졸에게 대왕의 안위를 맡길 수 있단 말이오?"

"어허, 그런 얘기는 집어치우라 하지 않았느냐?"

왕이 다시 제지했지만 대대로의 불안감은 얼굴에서 쉬이 떠나지 않았다.

"그 점에 대해 신이 한 말씀 올리고자 합니다."

"괜찮소. 나에 대해서는 크게 신경 쓰지 마시오."

왕이 다시 손을 내저었지만 문덕은 천천히 입을 열었다.

"오합지졸인 말갈의 병사들을 일순간 천하제일의 강병으로 만들 계책이 있습니다."

"오합지졸을 일순간 천하제일의 강병으로 만드는 계책이
있다?"

대대로는 워낙 말갈에 대한 불신이 깊었던지라 이해할 수
없다는 듯 되물었다.

"그렇소이다."

"보통의 병(兵)을 훈련시키는 데는 아무리 적게 잡아도 반
년, 괜찮은 병을 훈련시키는 데는 2년, 강병을 가지는 데는
최소 5년의 시간이 걸려야 한다는 것은 을지 공도 잘 아실
터. 벌판에 천막을 치고 풀을 뜯어 먹으며 사는 말갈의 오합
지졸을 순식간에 강병으로 만들 수 있다는 얘기는 도저히 받
아들이기 어렵소이다."

"그렇겠지요."

문덕은 잠시 말을 끊었다. 왕은 애써 태연을 가장했지만 사
실 문덕의 말대로 말갈의 잡병들이 크게 변하지 않고는 자신
의 안위를 도모하기 어렵다는 것을 너무도 잘 알고 있었다.
그러나 그들이 변하기에는 시간이 너무 짧았다. 그런데 도대
체 이 사람 문덕에게는 어떤 계략이 있는 것일까.

"대왕께서는 모든 말갈인을 고구려인으로 받아들이겠다고
선포하십시오."

"허!"

"저런!"

"음—."

왕과 대대로뿐만 아니라 건무와 강이식까지도 문덕의 이 같은 발언에 놀라지 않을 수 없었다.

"말갈인을 고구려인으로 받아들인다?"

"그렇습니다."

"……."

"기실 말갈인과 우리 고구려인은 그 뿌리가 다른 것이 아닙니다. 개별적으로나 소수의 무리로는 말갈인들이 그리 어렵지 않게 고구려로 들어와 살기도 합니다. 다만 말갈인은 고구려 관리가 되지 못하고 민간에서도 멸시를 받기 때문에 그들끼리 무리를 지어 유목을 하고 있을 뿐입니다."

"그야 그렇소만……."

"그들의 골격은 중화인과는 확실히 달라서 오히려 우리 고구려인과 흡사합니다. 말갈뿐만 아니라 중화의 동북부에 흩어져 살고 있는 많은 무리들이 우리와 같은 뿌리를 갖고 있습니다. 그러니 그들을 받아들이는 것이 그리 어려운 일은 아닙니다."

"을지 공은 지금 말갈인을 아무 차별 없이 고구려에 받아들여 그들에게도 관직을 주고 우리와 똑같이 살게 한다면 그들이 용기백배할 거라는 말을 하고 있구려."

"그렇습니다."

"호오─."

"대왕 전하, 이는 앞으로도 우리 고구려에 매우 필요한 일입니다. 지금 양견은 중원을 통일하고 주변 국가들까지 손에 넣으려 하고 있습니다. 따라서 주변의 소국들은 매우 불안해하고 있습니다. 이때 우리가 먼저 이들을 받아들이고 평등하게 대우한다면 이들로서는 더 이상 바랄 수 없는 다행으로 생각될 것입니다."

"호오─. 나는 미처 그런 생각을 못 했구려."

"이번에 양견이 보내는 병사의 수가 30만이라 합니다."

"음⋯⋯."

"우리로서는 무엇보다 사람 수를 늘려야 합니다. 그러니 시급히 주변의 군소 부족을 고구려로 따뜻이 맞아들여주옵소서."

"허어, 을지 공은 그런 곳에까지 신경을 쓰고 있었구려."

대대로는 문덕의 계책을 듣고 나서야 비로소 안심이 되는 모양이었다.

"말갈의 병사들이라 하더라도 대왕이 고구려 신민의 지위를 내려주면 용기백배해 싸울 것은 자명한 터. 이제야 안심이 되는구려. 그런데 을지 공, 대왕의 출병에는 또 하나의 문제가 있소."

"그건 무엇이오?"

"수의 사신이 여기로 오고 있는데, 그 문제는 어떻게 처리하는 것이 좋겠소? 사신은 전하를 만나려고 할 터인데."

"사신이 오고 있소?"

"그렇소."

"음."

문덕은 잠시 생각에 잠겼다. 출병을 하는 터이라 사신은 돌려보내면 될 테지만 사신이 무슨 일로 오는지는 왕이 알아두어야 할 일이었다.

"언제 도착하지요?"

"3일 후면 도성에 들어올 것이오."

"그렇다면 대왕께서는 사신을 만나보고 나서 출병하시는게 나을 듯하옵니다."

"혹시 출병하시기 전에 수의 사신 때문에 기분을 잡치게 되지 않을까 하는 걱정되는 점도 있소만……, 그렇게 되면 작전에 해가 될 것이오."

"그건 염려하지 않아도 될 것이오. 나도 사신을 만나는 자리에 있을 터이니."

대대로와 문덕의 대화를 듣던 왕이 얼굴을 환하게 펴고 술잔을 들었다.

"자, 건배합시다. 오늘 밤은 정말 기분이 나는구려. 을지 공만 옆에 있으면 어떤 일이 있어도 걱정할 이유가 없을 것 같소."

3일이 지난 후, 수의 사신이 도성에 들어왔다.

"당신은 누구요?"

사신은 자신을 맞는 관리의 복색이 검소한 것을 보자 눈을 내리깔고는 거만하게 물었다.

"저는 고구려의 예전관입니다."

"어째서 예전관이 나를 맞는단 말이오?"

"사신을 맞아들이는 게 바로 저의 일입니다."

"허허, 이런."

사신은 뒷짐을 지더니 어이없다는 듯 먼 산을 바라보았다.

"혹시 제가 무슨 실수라도……."

예전관은 난처한 표정을 지으며 어쩔 줄 몰라했다.

"당신이 무슨 실수를 하거나 한 건 아니오. 하지만 대수의 사신이 왔으면 대대로가 나와서 맞는 게 예의가 아니겠소. 당신은 말갈이나 거란의 사신과 격이 맞을 것 같소만."

"……."

"생각해보시오. 말갈이나 거란의 사신과 대수의 사신을 같이 대하는 당신네 고구려의 처사는 그야말로 무례하잖소."

"노여움을 푸십시오. 우리나라에서는 대국, 소국을 가리지 않고 법도에 따라 사신을 극진히 모십니다. 미흡하지만 여기 계시는 동안 제가 성의를 다해 모시겠습니다."

"허, 이런! 격의 문제라 해도 통 알아듣지를 못하니!"

사신은 처음부터 거만하게 굴었다. 수(隋) 주변의 여느 나라들과는 달리 고구려가 수와 맞대하려 한다는 사실이 사신으로서는 불쾌하기 짝이 없었다.

"어쨌든 빨리 왕을 만나야겠소. 내일 아침에 만나게 해주시오."

"그것은 제가 약속해드릴 수 없습니다."

"뭐라구?"

"하지만 말씀은 드리겠습니다."

예전관의 말을 듣자 사신은 들고 있던 부채를 땅바닥에 팽개쳤다.

"대수의 사신이 왔으면 왕이 열 일 제쳐놓고 나를 만나야지, 약속할 수 없다구! 이런 건방진 놈들이 있나?"

"……"

"왕은 내일 오전에 무슨 일이 있어도 나를 만나야 한다. 알겠느냐?"

"소신이 약속할 수 있는 일은 아닙니다."

"그러냐? 그럼 전하라! 돌궐과 운명을 같이하고 싶지 않다면 내일 열 일을 제쳐놓고서라도 나를 만나라 이르거라!"

"알겠습니다."

수의 사신 소적기는 무례하기 짝이 없었다. 그는 마치 고구려의 왕보다 높은 지위에 있는 듯 거만을 떨었다. 그가 그처럼 거만을 떠는 데는 다 이유가 있었다.

사신의 자격으로 주변의 각국을 방문하는 그의 비위를 맞추기 위해 약소국들은 금은보화나 아리따운 처녀를 선물하는 것은 말할 것도 없고 왕이 직접 나와 맞아들이거나 배웅하곤 했던 것이다.

다음 날 아침, 소적기는 문무백관이 정렬한 사이로 걸어 들어가 왕을 알현했다.

"대수의 사신 소적기, 황제의 분부로 왕을 뵈오."

왕을 향한 그의 언동 역시 불손하기 짝이 없었다. 문무백관 사이에서 약간의 소란이 일었지만 소적기는 고개를 뻣뻣이 쳐든 채 왕을 뚫어지게 쳐다보았다.

"어서 오시오. 먼 길에 어려움은 없었소?"

"길을 오는 데 어려움은 없었지만 도성에 들어와 이런 푸대접을 받을 줄은 몰랐소."

"호오, 무슨 일이라도 있었소?"

"예전관 따위로 대수의 사신을 맞게 하다니, 심히 유감스럽소."

그는 시종 왕에게 공대하지 않고 마치 동료에게 말하듯 했다.

"하하, 대수의 사신이 고작 그런 일로 화를 내서야 쓰겠소?

자, 이쯤에서 그만 화를 푸시오."

왕은 달래는 것도 빈정거리는 것도 아닌 투로 그의 말을 받
았다. 하지만 소적기는 기선을 제압하려는 듯 흉흉한 얘기를
뱉어냈다.

"돌궐, 거란, 말갈, 흉노, 묘족, 신장, 남만 등 내 안 다닌 데
없이 다녀보았으나 고구려에서와 같은 대접을 받아보지는
못했소. 아, 하긴 대수의 무서움을 모르고 건방지게 굴던 돌
궐은 내가 장안으로 돌아가자 바로 군사를 보내 관리 200의
목을 치고 처녀 500명을 끌고 돌아와 예의를 바로잡긴 했소
만 말이오."

"하하, 그런 일이 있었소? 그런데 고구려에는 무슨 일로 오
셨소?"

"본론을 시작하기 전에 이 얘기를 마무리 짓고 싶소."

"얘기라면? 귀하에 대한 대접 말이오?"

"그렇소. 앞으로도 내가 자주 올 것인즉, 가급적 왕께서는
직접 나를 챙기시오."

약소국의 왕들을 다뤄본 경험이 많은 소적기는 자신이 강
하게 나가면 나갈수록 그들이 굽실거린다는 것을 알고 있었
다. 그에게는 고구려도 그 많은 약소국 중 하나에 불과했다.

소적기의 태도를 보다 못한 몇몇 신하가 앞으로 나서려 하
는 걸 보고 왕이 손을 내저어 만류했다.

"그러겠소."

"아암, 마땅히 그래야지요."

소적기는 스스로 고구려의 왕을 굴복시킨 것이 자랑스러운지 입가에 여유 있는 미소를 띠었다.

"그래, 무슨 일로 오시었소?"

왕은 간도 쓸개도 없는 사람처럼 일개 사신에 불과한 소적기에게 역시 친구에게나 대하는 태도로 물었다. 왕의 이런 모습을 대하자 소적기는 더욱더 기분이 좋아졌다. 고구려 왕은 자신의 출현에 겁먹고 있음이 틀림없다고 생각했다.

"무슨 일은 무슨 일이겠소? 바로 귀국이 그렇게나 대수의 신경을 거슬리게 하는 일 때문이지."

소적기는 이제 아예 야단 비슷하게 말투를 바꾸었다.

"허허, 그런 일이 있었소?"

"아니, 왕은 이제껏 몰랐단 말이오?"

"글쎄, 무슨 일인지 어디 한번 말해보구려."

"허허, 이런!"

소적기는 기가 차다는 듯 혀를 끌끌 차며 헛웃음을 터뜨렸다.

"말을 하시오."

"조공 때문이오."

"……."

"이 세상 모든 나라 중 지금 중원에 조공을 하지 않는 나라는 귀국밖에 없소."

"그래서요?"

"그래서요라니? 왕은 지금 그것이 큰 잘못이라는 사실을 느끼지 못하고 있단 말이오?"

"잘 모르겠소."

"허허, 이런!"

소적기는 다시 한 번 과장스러운 탄식을 내뱉은 후 독한 목소리로 말했다.

"좋소. 전권 사신의 권한으로 이제까지의 일에 대해서는 책임을 묻지 않겠소. 하지만 지금부터 내가 이야기하는 것을 잘 들으시오."

왕은 의미를 알 수 없는 고갯짓을 하며 소적기의 얼굴을 바라보고만 있었다.

"과하마 500필과 소녀 300명, 100만 금이오."

소적기는 단호한 목소리로 짧게 내뱉고는 위압적인 눈초리로 왕의 얼굴을 살폈다. 왕은 입가에 옅은 웃음을 띠며 소적기의 말에 별 동요 없이 앉아 있었지만 신하들 사이에서는 큰 술렁거림이 일었다. 젊은 관리 한 사람이 앞으로 나와 왕에게 고개를 숙인 후 다시 소적기에게 고개를 숙이려는 순간, 소적기의 욕설이 젊은 관리의 머리 위에 떨어졌다.

"무례한 작자 같으니! 어째서 너의 왕과 내가 대화를 나누는데 네까짓 것이 끼어드느냐?"

젊은 관리는 일순 당황했지만 이내 평정을 회복하고 소적
기에게 가볍게 고개를 숙였다.

"도대체 네놈은 뭐란 말이냐?"

"이 나라 조정의 세금을 걷는 관리입니다."

"그래서?"

"일전에도 귀국의 조공 요구가 있어 과하마를 잡으려 했으
나 한 마리도 잡지 못했습니다. 처녀 역시 단 한 사람도 수나
라로 가려 하지 않았습니다. 금은 나라의 기근에 대비해 아
껴두어야 합니다. 그러니 사신께서는 그냥 돌아가시는 게 나
을 듯합니다."

"뭐라! 이런 쳐 죽일 놈 같으니!"

"……"

젊은 관리는 수의 사신 앞에서 어떻게 처신해야 할지 갈피
를 잡을 수 없었다. 비록 그의 교만하고 안하무인격인 태도
에 격분해 자신도 모르게 앞으로 나섰지만 그의 된 욕설을
듣자 마주 응대해야 할지 어쩔지를 판단할 수 없었던 것이
다. 어쨌거나 상대는 천하를 통일한 수의 사신이었다.

"내가 지금 네놈의 왕과 얘기를 하고 있거늘 일개 세금을
걷는 관리 주제에 끼어들다니! 너희 조정은 이렇게나 방만하
고 법도가 없단 말이냐! 귀왕은 저놈을 당장 쳐 죽여야만 대

수의 사신에 대한 올바른 예의가 될 것이오!"

소적기는 왕을 노려보면서 분노에 찬 목소리를 쩌렁쩌렁 울려댔다.

"이보시오. 소영웅. 일개 관리가 공분을 느껴 잠시 뛰어든 것을 가지고 뭘 그러오? 소영웅도 누군가 귀 황제의 면전에서 소영웅과 같은 말을 하면 분노를 느낄 것 아니오?"

"누가 감히 수 황제의 면전에서 조공을 바치라고 할 수 있단 말이오?"

"마찬가지 아니오? 조공이란 것도 상대의 사정을 봐가면서 요구해야지……. 고구려 사람들에게 처녀를 바치라고 하는 건 사리에 맞지도 않거니와 어떤 고구려인도 들어줄 수 없는 일이오."

"무슨 소리! 천하가 다 하는 일을 왜 고구려만 못한다는 거요?"

"우리 고구려는 그렇게 살아왔소. 무슨 일이 있어도 고구려는 다른 나라에 처녀를 넘기지 않소."

"왕은 그렇게나 자신이 있소?"

다시 신하들 사이에 큰 술렁임이 일었다. 이번에는 몇 사람의 신하가 동시에 앞으로 나섰다. 왕이 다시 한 번 손을 내저었지만 분노에 찬 목소리가 터져나오는 것은 막을 수가 없었다.

"전하, 저 불손한 수의 사신과 더 이상 대화를 나누지 마시옵소서. 수의 교만과 무례함이 천하를 덮고 있나이다!"

"알았소. 나도 수의 사신이 심히 불손하다고 생각하고 있던 참이오. 여러 신하들은 일단 자리에 돌아가도록 하시오."

왕은 참으로 온건하고 유했다. 신하들은 안하무인격인 수의 사신을 비굴하리만치 친절하게 대하는 왕의 모습을 보자 피가 끓어올랐다. 고구려 역사에 언제 일개 사신에 의해 조정이 농락당한 적이 있었단 말인가. 차라리 전쟁을 할지언정 이런 꼴을 참을 수는 없는 일이었다.

"어허! 전하께서는 너무 유약하시지 않은가!"

"용감한 분인 줄 알았는데, 이런 능멸을 그냥 견디고 계시다니!"

"몰살당할지언정 수와 한판 붙어야 하지 않겠는가!"

신하들 사이에서 이런 불만에 찬 목소리가 저절로 터져 나왔다.

"귀왕은 중원을 통일한 대수의 황제를 거스르면 어떤 결과를 초래할지 잘 알고 있을 거요. 그러니 이 자리를 어지럽힌 관리놈을 당장 참살하고 과하마와 처녀와 금을 바치시오. 그간 많은 사신들이 귀국에 조공을 요구했으나 모두 거절당했소. 이제 나는 황제의 특명을 받아 귀국의 잘못을 나무라고 조공을 바칠 수 있는 마지막 기회를 주려고 이 먼 길을 찾아

왔소. 그러니 기회를 놓쳐 사직을 보전하지 못하는 실수를
저지르기 않기를 진심으로 바라는 바요."

"감사하오."

용맹한 왕은 이번에도 굴욕적인 모습을 보일 뿐이었다.

"오오! 이런!"

문무백관은 모두 미칠 지경이었다.

"그렇다면 나의 요구를 받아들인다는 말이오?"

"생각할 시간을 좀 줘야 하지 않겠소?"

"안 되오. 지금 즉시 대답하시오. 언제 장안으로 갔다 다시
온단 말이오?"

"허, 이걸 어쩐담. 생각은 해봐야겠고, 사신은 시간이 없다
고 투덜거리니."

왕은 쩔쩔매는 듯하다 좋은 생각이라도 난 듯 양 손바닥을
마주쳤다.

"을지 공에게 물어봐야겠군. 여봐라, 전수대장군을 모셔 오
너라."

왕의 분부를 받은 시위병들이 곧바로 을지문덕을 대전으로
안내했다.

"아니!"

"저런!"

"저럴 수가!"

문무백관 사이에서 놀라움으로 가득 찬 탄성이 터져 나왔다. 그럴 수밖에 없는 것이 을지문덕의 분장한 모습은 우스꽝스러우면서도 무시무시하기 짝이 없었다. 얼굴에는 붉은 칠을 하고 머리는 온통 풀어헤친 것이 감히 왕 앞에 나설 수는 없는 모습이었다.

"전하, 신 전수대장군 을지문덕 대령하였나이다."

소적기를 비롯한 수의 사신 일행은 을지문덕의 입에서 전수대장군이라는 말이 튀어나오자 이상한 기분이 들었다. 일견 우스꽝스럽기도 했지만 광대의 분장으로 여기기에는 전수대장군이라는 이름이 주는 무게가 범상치 않았던 것이다.

소적기는 이상한 기분을 애써 떨치며 건조한 음성으로 입을 열었다.

"왕은 이런 이상한 자에게 무엇을 물어보겠다는 것이오?"

왕이 손을 내저었다. 잠시 지켜보고 있으란 뜻이었다.

"을지 공, 이 사람은 수나라에서 온 사신이오. 소적기라는 이름의 노련한 사신으로, 천하 각국을 돌아다니며 왕을 꾸짖고 조공을 받아내는 무서운 분이오."

"어흠—."

소적기의 귀에는 고구려 왕의 이야기가 구구절절 옳게 들린지라 헛기침을 하며 잔뜩 위엄을 뽐냈다.

"돌궐, 거란, 말갈 할 것 없이 소적기 공에게는 모두 손을 들고, 그가 바라는 대로 조공을 바치고 있소."

을지문덕은 기괴한 모습으로 왕이 하는 말을 말없이 듣고 있었다.

"그런데 이제 우리나라에 와서 과하마와 처녀를 바치라 하고 있소. 나는 수나라의 닦달을 당하고 싶지 않아 웬만하면 그가 요구하는 대로 하고 싶지만 그의 요구가 좀 지나치단 말이오. 그래서 내가 생각할 시간을 좀 달라고 했더니, 그는 시간이 없다며 나를 다그치고 있소. 꾸지람하는 듯한 태도로 말이오. 그래서 나는 을지 공과 의논하고 싶어 공을 불렀소."

"삼가 황송하옵니다."

을지문덕이 공손히 고개를 숙였다.

"좀 분하기도 한 것이 소적기 공은 이 나라와 왕인 나에게 상당히 무례했소. 마치 고구려가 수의 거수국(擧手國)이라도 된다는 듯한 태도로 나의 신하를 꾸짖으며 욕을 하고 나에게 그 신하를 참살하라 강요하고 있소."

왕은 마치 밖에 나갔다 돌아온 부모나 형에게 자신의 억울한 일을 고하듯 소적기가 보여준 행동을 을지문덕에게 낱낱이 일렀다.

"왕은 도대체 무슨 말을 하고 있는 거요? 이 괴상한 몰골을 한 사람에게!"

소적기가 가소롭다는 표정을 지으며 버럭 고함을 질렀다.

"저것 보시오!"

왕이 손가락으로 소덕기의 무례함을 지목하자, 문덕은 힐 끗 소적기를 쳐다보더니 말없이 대전 한가운데로 나섰다.

"아니, 저런!"

"음―."

사람들 사이에서 탄성이 일었다. 문덕은 대전 한가운데 서 서 옆에 차고 있던 치우검을 빼들었다.

"오오!"

칼끝에서 뻗쳐 나오는 외줄기 짙푸른 검광이 사람들의 눈 에 비치는가 싶더니 검광은 삽시간에 대전을 뒤덮어버렸다. 문덕이 칼춤을 추기 시작했던 것이었다.

"진정 대단한 춤이로다!"

누군가의 입에서 놀란 듯한 목소리가 새어 나왔다.

"저런, 무례한 자식!"

소적기의 입에서는 욕설이 튀어나왔다.

"당장 저 춤을 멈추게 하시오."

소적기가 왕에게 명령하듯 말했다.

"세상에! 사신 앞에서 허락도 없이 칼춤을 추다니!"

그러나 왕은 입가에 가벼운 미소를 띠고 문덕의 칼춤을 바 라보고 있을 뿐이었다.

"하늘이시여!"

춤사위가 점점 현란해지면서 문덕의 입에서 하늘을 부르는 주문이 흘러나왔다.

"환인 하느님이 까마득한 옛적에 하늘에서 내려와 나라를 열고 국조 단군 이래 수천 년이 흘렀나이다. 그간 겨레는 위로는 하늘을 모시고 아래로는 널리 사람을 이롭게 하는 정신으로 겸허히 살아왔나이다. 요순우탕은 겨레를 군자국으로 존숭하여 예의를 갖추었고, 겨레는 이에 우정으로 보답해왔나이다."

소적기는 왠지 불안해졌다. 문덕의 입에서 흘러나오는 주문이 하늘에 제물을 바칠 때 행하는 의식 같다는 생각이 들었다.

"지금 뭐 하는 짓인가?"

소적기의 목소리가 흔들렸다. 그러나 아무도 소적기에게 대답하지 않았다.

"그러나 중원에 바람이 일면서 겨레에게도 풍진이 흘러오기 시작했고, 겨레는 때로 이들을 아우르고 때로는 이들을 달래면서 수많은 세월을 같이했나이다."

소적기로서는 아무래도 기분이 좋지 않았다. 우선 칼춤을 추는 장군의 모습이 너무나 기괴했고, 이 기괴한 모습은 처음부터 무슨 생각이 있어서 분장한 게 아닌가 하는 의심을 자아냈다.

"이제 중원의 사신이 아무 이유도 없이 환인 하느님의 자손이자 환웅님의 자손이요 국조 단군의 자손인 겨레를 한없이 괴롭히고 있나이다."

기괴한 분장과 칼춤이 자신 때문에 준비된 것이라는 생각이 들자, 소적기의 등골은 오싹해졌다.

'설마!'

그 와중에도 소적기는 자위했다. 아무리 기괴한 모습의 장수가 칼춤을 추고 있다 하나 대수의 사신인 자신을 겨냥하고 있을 리 만무하다고 스스로를 안심시켰다. 그럼에도 불구하고 자꾸만 불안감이 엄습해 오는 것은 사실이었다.

"왕이시여!"

소적기의 목소리가 자신도 모르게 떨려 나왔다.

"왜 그러시오?"

왕은 천연덕스럽게 대답했다.

"저 춤을 중지시켜주십시오."

소적기의 입에서 처음으로 존댓말이 터져 나왔다.

"무슨 까닭이오?"

"별로 기분이 좋지 않습니다."

"그래요? 나는 아름답다고 생각했는데."

"아, 물론 춤은 아름답지만……."

"좀 더 봅시다. 아마 전수대장군이 공을 위해 추는 춤 같으니 말이오."

"그, 그래서 더욱 기분이 안 좋다는 말씀입니다."

"아니, 공을 위해 추는 춤인데 공의 기분이 좋지 않다? 그게 도대체 무슨 말인지 이해하기 어렵구려."

"……."

소적기는 왕의 말에 더 이상 대꾸하기가 어려웠다. 사실 극히 불안하니 춤을 그만 추도록 해달라고 말하려 했지만 그러면 자신이 겁쟁이가 되는 것은 물론 더 이상 떵떵거리며 조공을 바치라고 말할 수도 없을 거라는 생각이 들었다. 그 와중에도 소적기의 귀에는 을지문덕의 알 수 없는 주문이 계속 흘러들었다.

"하늘이시여, 굽어 보이시나이까. 이제 와서 겨레는 처녀를 공물로 바치라는 치욕까지 겪고 있나이다. 그리하여 겨레는 마지막 한 사람이 남을 때까지 저 무례하고 음험한 자들을 처단하고자 하오니 하늘이시여! 겨레의 기도를 들어주소서!"

검광에 싸인 을지문덕의 몸이 천천히 움직였다. 그러고는 소적기가 있는 쪽으로 검광이 다가가기 시작했다.

"대, 대왕 전하!"

소적기는 자신도 모르게 왕 앞에 털썩 무릎을 꿇었다.

"소 공, 왜 그러시오. 어서 일어나시오."

"대, 대왕님!"

"소 공은 대수의 사신이 아니오? 왜 이런 모습을 보이는지 모르겠구려. 조금 전까지만 해도 고구려의 처녀 300을 내놓으라고 큰소리치던 공이 갑자기 왜 이러는 거요?"

"대, 대왕님. 살려주십시오. 황제께는 제가 가서 잘 말씀드리겠습니다. 조공을 바치지 않아도 되도록 하겠습니다."

"하하, 어쨌든 어서 일어나시오. 조공을 바치라고 찾아온 사신이 무릎 꿇는다는 것은 대수의 크나큰 치욕이 아니오?"

"대왕께서 말려주시지 않으면 저는 이 자리에서 죽습니다."

소적기의 목소리에 울음이 섞여들었다. 소적기는 본능적으로 느끼고 있었다. 을지문덕이라는 이름의 장군이 기괴한 분장을 하고 칼춤을 추기 시작했을 때부터 자신의 목숨이 위태롭다는 생각이 들었던 것이다.

"소 공, 고구려는 중원의 친구로서 선물을 교환한 적은 있소. 때로는 우리가 적게 보내고 때로는 중원이 적게 보낸 정도의 차이는 있을지라도 고구려와 중원은 늘 대등한 관계를 유지해왔소."

"……"

"수가 비록 진과 한에 이어 천하를 통일했다 할지라도 고구려에 처녀 300을 바치라고 한 것은 그 말 자체만으로도 고구려에 치욕을 안겨준 것이오."

"알, 알겠습니다."

"공도 아까 보았을 거요. 지금 고구려의 문무백관은 모두 흥분하고 있소."

"잘 보았습니다."

"공이 고구려와 중원의 오랜 관계를 파괴하고, 고구려의 자존심을 짓밟은 책임은 무겁기 짝이 없소."

"알고 있습니다."

"공은 책임질 수 있소?"

"무, 물론입니다."

"어떻게 책임지겠다는 거요?"

"도, 돌아가 황제께 고구려의 분노를 전하고 고구려와는 군신 관계가 아니라 대등한 관계로 지내야 한다고 말씀드리겠습니다."

"그러면 공이 죽음을 면치 못할 텐데. 양견의 성질이 어떤지는 공도 잘 알 것 아니오?"

"……."

"어쨌든 공의 처리는 을지문덕 장군에게 달려 있으니 내가 간여할 바 아니오."

"대, 대왕님, 저 기괴한 몰골의 장군에게 저를 맡기면 저는 죽습니다."

"그건 을지 공의 마음이오."

검광에 싸인 을지문덕의 몸은 이제 소적기의 바로 앞까지
와 있었다. 소적기는 무릎을 꿇은 채 고개도 들지 못하고 눈
앞에 보이는 을지문덕의 발을 향해 싹싹 빌었다. 문덕의 기
괴한 분장이 소적기의 불안을 극도로 끌어올렸다. 소적기뿐
만이 아니었다. 소적기를 따라온 일행도 사시나무처럼 몸을
떨며 모두 바닥에 꿇어앉았다.

　문덕은 말이 없었다. 소적기 앞에서 마치 검무에 취한 사람
처럼 한없이 춤을 추기만 했다.

　"자, 장군님."

　소적기는 차마 나오지 않는 목소리를 겨우 입술 밖으로 밀
어냈다. 그러나 다음 순간, 그는 더 이상 한마디도 할 수 없
었다.

　"이야압!"

　문덕의 입에서 고함이 터져 나옴과 동시에 소적기의 목이
몸에서 툭 떨어져 바닥을 뒹굴었다.

　"아얏!"

　스스로도 느끼지 못하는 비명이 모두의 입에서 터져 나왔
다. 문덕이 그렇게나 삽시간에 사신의 목을 쳐버릴 줄은 아
무도 생각하지 못했던 것이다.

　"살려주십시오!"

　"제발 목숨만 살려주십시오!"

"용서해주십시오!"

동시에 누가 시키지 않았음에도 소적기를 수행하고 온 사람들의 입에서는 울음 섞인 애원이 튀어나왔다. 그들은 문덕이 자신들을 무섭게 노려보고 있음을 느낄 수 있었다. 감히 눈을 들어 문덕의 얼굴을 볼 수는 없었지만 문덕이 내뿜는 기가 온몸에 그대로 전해져온 것이었다.

"저희는 소적기 공의 무례한 언동을 보며 분노하고 있었나이다. 이제 황제께 돌아가 소적기 공이 그 무례함으로 고구려의 분노를 사 죽었음을 고하고, 고구려의 입장을 성심껏 말씀드리겠나이다. 그러니 제발 저희를 돌려보내주시옵소서."

을지문덕은 아무 말 없이 피 묻은 검을 들고 수행원들 앞에 섰다.

"사, 살려주십시오."

"살려주십시오!"

"살려주십시오."

수행원들의 입에서 나오는 소리는 한결같았다. 문덕은 잠시 이들을 묵묵히 지켜보다가 입을 열었다.

"악명 높은 소적기와 함께 주변의 약소국들을 등쳐온 너희 역시 죽여 마땅하지만 소적기의 최후를 널리 알리란 뜻에서 놓아줄 터이니 지금부터 한순간도 쉬지 말고 말을 달려 너희

나라로 돌아가라. 알았느냐?"

"감사하옵니다."

소적기 일행이 시신을 수습하지도 못한 채 떠나자, 왕이 용상에서 벌떡 일어났다.

"문무백관은 들으라!"

"네."

"본 왕은 이제 전수대장군과 함께 수를 치러 간다!"

왕의 이 한마디는 신하들의 뒤통수를 쾅 하고 내려치는 셈이었다.

"아니!"

"대왕께서 직접?"

왕은 신하들의 소란이 잦아들기를 기다려 말을 이었다.

"내가 없는 동안 대신들은 태대사자를 중심으로 국사를 의논하도록 하라."

고추가(古鄒加) 출신의 악요가 한 걸음 앞으로 내디디며 물었다.

"왜 갑자기 수를 치러 가시는지 이해하기가 어렵나이다. 가을이면 수가 쳐들어온다는 얘기를 들었은즉, 차라리 대왕께서는 군사를 훈련시키고 군량미를 모아 수의 내습에 대비하는 것이 옳지 않겠나이까!"

왕은 고개를 끄덕였다. 누구나 그렇게 생각할 일이었다. 왕은 새삼 을지문덕의 비상한 머리에 고개를 숙였다.

"처음에는 과인도 그렇게 생각했다. 그러나 이것은 전수대장군의 계략. 양견의 마음에 불을 지르는 것이다. 방금 사신을 참한 것도 그 작전의 일환이니라."

"오오!"

문무백관은 그제야 어째서 문덕이 사신의 목을 바로 날려버렸는지 이해했다. 살아남은 자들이 장안에 도착하면 가뜩이나 노여움 많은 양견의 반응이 어떨지는 상상할 필요도 없는 일이었다.

"대왕이시여! 뒤는 염려하지 마시고 부디 옥체를 보중하시어 적의 간담을 흔들어놓고 오시옵소서. 건무 전하를 도와 국사에 차질이 없도록 열과 성을 다하겠나이다."

대대로였다. 이런 순간에는 나이 지긋한 대대로의 존재가 참으로 든든히 여겨진다는 생각에 이르자, 왕은 대대로의 사임을 만류한 문덕의 치밀함에 다시 한 번 흡족한 미소를 지었다.

다음 날 아침 왕은 불과 100여 명의 호위병을 거느리고 백마에 올라탔다. 왕의 친정을 대하는 고구려 조정은 걱정 반 기대 반이 뒤섞인 분위기로 차올랐다.

"대왕이시여! 부디 옥체를……"

"염려 마시오. 우리 고구려는 예로부터 나라가 위기에 처하면 언제나 왕이 군사들 앞에 서서 전쟁을 치러왔소. 나 자신, 선조의 명예를 이어갈 정도의 용맹은 있다고 생각하오."

"과연 늠름하신 말씀입니다. 그러나 지금 수의 기세가 하늘을 찌를 듯하니 부디 조심하십시오. 더군다나 말갈의 군사에게 옥체를 맡기셨으니……."

"하지만 을지 공이 있지 않소. 하늘이 우리 고구려를 위해 이런 기인을 주셨는데 세상에 내가 두려워할 것이 뭐가 있겠소?"

군신 간의 대화를 듣는 문덕의 뇌리는 강한 신념으로 차올랐다. 이처럼 용맹한 왕에 충성스러운 신하가 있는 이상, 비록 천하를 통일한 수(隋)가 30만이라는 대병력으로 침공한다 하더라도 고구려의 운명은 그리 쉽게 무너질 것 같지 않았다.

(2권에 계속)

살수 1

1판 1쇄 발행 2005년 7월 25일
2판 1쇄 발행 2019년 9월 2일
2판 4쇄 발행 2023년 7월 11일

지은이 김진명
발행인 양원석
편집장 김건희
디자인 오필민 디자인
영업마케팅 조아라, 이지원

펴낸 곳 ㈜알에이치코리아
주소 서울시 금천구 가산디지털2로 53, 20층 (가산동, 한라시그마밸리)
편집문의 02-6443-8902   **도서문의** 02-6443-8800
홈페이지 http://rhk.co.kr
등록 2004년 1월 15일 제2-3726호

ISBN 978-89-255-6771-6 (04810)
     978-89-255-6776-1 (세트)

※ 이 책은 ㈜알에이치코리아가 저작권자와의 계약에 따라 발행한 것이므로
   본사의 서면 허락 없이는 어떠한 형태나 수단으로도 이 책의 내용을 이용하지 못합니다.

※ 잘못된 책은 구입하신 서점에서 바꾸어 드립니다.

※ 책값은 뒤표지에 있습니다.